JN119674

キャリア管理官はキスを待てない

Sin Inazuki
稲月しん

CHARADE BUNKO

Illustration

金井桂

CONTENTS

本作品の内容はすべてフィクションです。
実在の人物、団体、事件などにはいっさい関係ありません。

キャリア管理官はキスを待てない

CHARADE BUNKO

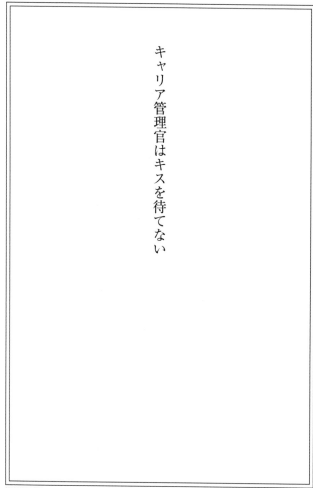

「立浪《たつなみ》、会議室にお茶！」

「はいっ！」

怒鳴るような声に、僕はびくりと体を震わせた。あんなに大きな声を出さなくてもいいのにと思う。

けれど相手は決して怒っているわけではない。あれが通常なだけだ。

僕は立浪香寿《かず》、二十四歳。普段は交通課勤務の巡査だけど、今日は本庁から人が来るということで応援に呼ばれてきた。

跳ねたような癖のある茶色の髪に、くるりと丸い目。よく警察官になれたねと言われるくらい小さな体の僕は、応援とは言っても、捜査じゃない。

今回の捜査にはキャリアと呼ばれる人もやってくる。お茶の準備などは誰でもいいはずだが、どうも前回キャリアの人に言い寄った女性警察官がいたらしく、雑用は男性にと厳命が下っているらしい。

「失礼します」

会議室にまだ人は少ない。けれど集まっているのは僕と違って体格のいい人ばかり。

会議の始まりまでは三十分ほど時間がある。椅子の数からいって、五十人くらいは集まりそう。

事件は殺人だ。今朝、遺体が発見された。

これだけ大きな捜査本部がすぐに立ち上がったのには理由がある。このところ女性を狙った事件が続いていて、それが連続殺人ではないのかと疑われているのだ。はっきりと断定はできてなくて、まだ発表されていないけれど、情報が公開されれば疑うマスコミも出てくるだろう。

正面のホワイトボードに貼りつけられた写真を見つめる。

まだ若い。ふんわりと巻かれた髪に、淡いブルーのカーディガン。

こんな場所にある写真なのに、嬉《うれ》しそうに笑っている。もうこの笑顔が見られないのかと思うと、きゅっと胸が締めつけられた。

「立浪。手を止めるな」

「はいっ」

声だけは元気に出して、僕は壁際に置かれていた段ボールを抱える。

お茶と言っても、コップに入れてはいどうぞというわけではない。ペットボトルを配っていくだけだ。捜査資料も多い中でコップに液体を入れておくという危険さにようやく誰か気がついたらしい。けれどペットボトルだ。意外に力仕事だと思う。

ぴしりとまっすぐに並んだ机に資料を置いていく人の後を追うように、ペットボトルを並べていく。

というか、効率を考えたら配るんじゃなくて入口に置いて欲しい人だけ持っていけばいい。捜査資料だってコピーして机の上にじゃなくて、同じように入口でいいじゃないか。内心で文句を言いながらもペットボトルを並べ終えた僕はすぐに会議室を出た。

人が少しずつ集まり始めている。中にいては邪魔になる。そう、僕の役目は会議が終わった後の片づけと、言いつけられる雑用処理だ。

五階の会議室から一階の交通課へ戻るにはエレベーターを使いたいところだが、僕は階段へ向かう。もうすぐ会議が始まるこのタイミングではどんな人がエレベーターを使っているかわからない。おとなしく階段を使う方が気まずい思いをしなくて済むだろう。

「あれ？」

三階まで下りたところで、下から複数の足音が聞こえてきた。ちらりと手すりの隙間から見えたのはスーツ姿の集団だ。スーツということは最低でも刑事。確実に向こうの方が上の階級だと判断して、僕はできるだけ端へ寄った。

「ですが、管理官……」

管理官？

その役職は本庁のものだ。

来るといっていた本庁のキャリアがいるんだろうか。

そういう人が階段を使うなんて思っていなかった。今から他の階へ移動するのは不自然だし、このまま通り過ぎるしかないか。

「それは、向こうで判断すればいい。こちらからは……」

ふと、声が途切れた。向こうもこちらに気づいたみたいだ。

若い。

それが第一印象だ。歩いてくる男はまだ二十代に見えるにもかかわらず、何人もの部下を連れていた。

オールバックの髪に鋭い眼光。

いかにも仕事ができますという雰囲気に、ああ、これがキャリアかと妙に納得する。

視線がまっすぐに僕に向けられている気がする。気まずくて、足早に会釈して駆け抜けようとした。

「あ」

それがいけなかった。うつむきがちになったせいで、ぐらりと姿勢を崩した。

落ちる。

こんな歳《とし》になって、階段で転ぶだなんて。

受け身ってどうやるんだっけ。警察学校時代の柔道の授業を必死で思い出そうとするが、身についていない武道は咄嗟《とっさ》の出来事に役には立たない。

痛みを覚悟してぎゅっと目を閉じた瞬間、ふわりと体が浮いた気がした。

「え？」

痛く、ない。

それだけじゃなく、体が浮いて……？

「うわあああっ！」

驚いた。距離が近い。近いというか、抱えられている。

本庁から来たキャリアだと思われるその人に。

「す、すみませんっ！」

助けられた。助けられてしまった。

下ろしてもらおうと身を捩《よじ》るが、びくともしない。

「あの……っ、うわっ！」

彼が、動いた。

人に抱えられたまま移動するというのは、案外不安定で怖いものだ。無意識に首筋に手を回してしまって……。けれど、失礼だと気がついて無駄に手をバタバタさせる。

「あの……っ？」

彼は、僕を抱えたまま階段を下りていく。踊り場でようやく下ろされて、安全なところまで運んでくれたんだと気がついた。

「あの、すみません。ありがとうございます」

階段を踏み外した成人男性を受け止めるなんて、そうできるものじゃない。いくら僕が小柄だといっても下手をすると……、下手をしなくても自分も一緒に落ちてしまう可能性があるのに。

「気をつけろ」

低い声にびくりとする。

それは命令することに慣れた人間の声だ。

「は、はい……っ、すみませ……っ」

自然に語尾が小さくなる。喉が引きつったのは、彼が至近距離で僕を見つめていたからだ。

冷たい、ガラスみたいな瞳《ひとみ》だと思った。黒よりもグレーに近い、薄い色の瞳は感情が読み取りにくい。

「管理官、大丈夫ですか」

上から声が聞こえた。転んだ僕よりも助けた彼を心配しているあたり、立場の違いを実感してしまう。

「ああ。小さいからな。こんなに軽いとは……」

「ち、小さくないです！」

聞き流せばよかったのに、馬鹿正直に反論してしまって慌てて口を閉じる。

僕は確かに小さいけれど、それを他人に言われると妙に心に突き刺さる。それくらいは察してくれてもいいじゃないか。

「そうか」

ぽんと頭に手を乗せられた。つまり、お前は小さいと態度で示された。

「……」

むすっとした表情は隠せそうになくて顔を伏せる。口を閉じたことだけは誰かに褒めてほしいくらいだ。

「……こ」

「はい？」

聞こえなかったけれど、今、確実に僕を見て何か言った。

「いや、なんでもない」

気になりはするものの初対面の本庁の人間に、なんて言ったんですかと詰め寄れるほど神経は図太くない。もうすでに一度反論してしまってる身としてはなおさらだ。

「管理官」

「ああ、行く」

呼ばれて、くるりと僕に背を向ける。

「……」

その瞬間、彼がまた何かをぼそりと呟《つぶや》いた。聞こえないくらいの声。少し上がった口角はなんだかこちらを馬鹿にしているように見えてカチンとくる。

まあ、階段で転ぶなんて馬鹿にされても仕方ないけど。小さいし！

階段を上っていく後ろ姿を見つめながら、ああいう人には近づきたくないなと思った。

「今日来たキャリアは独身だって！」

交通課に戻ると、さっき見たキャリアの話題でもちきりだった。まあ、そうか。あれだけ男前なんだ。女性がはしゃいでしまうのもよくわかる。僕的には、署内で一番の美人である井本《いもと》さんもその会話に加わっていることに地味に心が痛んだ。

ふわふわ揺れる長い髪に、澄んだ綺麗な瞳。まるで小動物のような可愛《かわい》さなのに、柔道二段だ。自身のストーカーに背負い投げをした話は有名で、僕なんかが自分から声をかけることはできない。

「木浦達城《きうらたつき》、二十九歳。捜査一課の管理官ですって」

すごいなあ。あっという間に情報を摑《つか》んでくる。なんてことない雑用係にも男性が指名されていたのも納得がいく。この勢いで女性陣に突進されたら困るだろう。

「立浪くん、近くで見た？　どうだった？」

井本さんがすぐそばに来てどきりとする。

「どうって……。高そうなスーツ着ていましたけど」

抱え上げられた感触をぼんやりと思い出す。

体が浮いたな。

それから少しいい香りがした。

細かく話すこともできたけれど、なんとなく言えなくて口を閉じる。

「そうよねえ。所轄じゃどうしたって制服より高いスーツなんて着られないわよねえ」

井本さん以外の女性たちも会話に入ってくる。頑丈に作られている警察官の制服は何気に高額だから、それを超えるのはけっこう厳しい話だ。

「でも前に木浦管理官に言い寄った人、左遷されたって聞いたけど」

「あー、あれは結構露骨だったらしいよ」

警察内部は意外に狭い。

他の警察署での出来事でもこうしてすぐ噂《うわさ》になってしまう。

なるほど。言い寄られたキャリアは今回来た人なんだな。確かに顔はいいけど、あんな目つきの悪い相手に言い寄るなんてなかなかチャレンジャーだと思う。

「立浪を女子トークに巻き込むな」

そのまま女性たちの話につき合わされそうになっていたところに課長から声がかかった。

「えー。でも立浪くん、可愛いですし」

納得いかない。いかないけれど助かった。あの人かっこいいよねというトークに同意を求められてもさすがに笑顔で頷《うなず》けない。

「立浪、ちょっと」

手招きされて立ち上がる。会議が終われば片づけに呼ばれるはずだけど、まだ早い気がする。

「会議室にこれ、持っていってくれるか?」

差し出された書類は受け取らなければならないものだろう。けれど、はいわかりましたと素直に受け取れない。

「……まだ会議中じゃないですか。課長ならあの会議の中に入っていけますか?」

捜査本部が立ち上がって最初の会議だ。みんなぴりぴりしている。本庁から来た管理官までいるからなおさらだ。

その中に入っていけ?

きつい。心臓が辛《つら》い。

「いや、ほら。何もわからない若い奴の方がさらっと入りやすいだろ」

「そんなわけありません」

「これ、管理官の横にいる岩木《いわき》さんって人に渡してくれればいいから。そっと行って、さっと。よろしくな！」

ぽんと体に押しつけるように書類を渡され、顔が引きつる。

「がんばれ、立浪くん！」

無責任な応援の声でも、井本さんからだと少しは気分が向上するものだ。

「……がんばります」

本当に少しだけど。


「失礼します」

できるだけ声が響かないよう心がけて、そっと扉を押した。さっきお茶を配っていたときとは空気が違う。等間隔に並べられた長テーブルには大勢の警察官が座っていた。スーツ姿の警察官ばかりだ。刑事課の笹沢《ささざわ》課長が前に出てマイクでしゃべっている。

笹沢課長は四十代でバツイチだ。四十代にしては若く見える。

ノンキャリアの警察官の中では出世が早い方だ。さらに上を目指しているなら、本庁の人間の伝手が大事になってくる。今回の事件はかなりの気合いを入れて臨んでいるだろう。

少し神経質そうな細い目が、僕をちらりと見てすぐに逸《そ》らされた。

「被害者の交友関係といたしましては……」

正面のモニターには、ホワイトボードにあった笑顔の写真と同じものが映し出されて、その横に同世代の若者の顔が並んでいた。同じように笑っている顔が多い。この中のひとりだけがいないなんて、やっぱり嫌だと思う。

きゅっと唇を噛《か》んで、気持ちを切り替えるために会議室を見回した。

早く用事を済ませたい。

一番前。大勢の警察官と向かい合う、目立つ位置に木浦管理官が座っていた。その両脇にも人がいる。記者会見でよく見るような配置だ。違うのはマイクがないことくらいか。用意された会議室用の椅子が窮屈そうだと思って……ああ、足が長いのかと気づく。あの顔に、あの管理官という地位。そして足の長さ。左遷覚悟で言い寄る女性がいるのも無理はない。

僕はできるだけ気配を押し殺して管理官たちの後ろに回り込んだ。目立たないように小さな体をもっと小さく……！　屈《かが》んだ姿勢で素早く進む。足元にはパソコンやプロジェクターといった色々なコードが壁から伸びているから引っかけないようにしないと。

「岩木さんですか？」

手前の人に尋ねると、小さく首を横に振られた。

「あっち」

そっと手で示してくれるのは管理官の向こう側にいる人だ。あの人が岩木さん。教えてくれた人にぺこりと頭を下げて、僕はまた慎重に移動する。

木浦管理官の後ろを通って、その先。

岩木さんだろうその人は、木浦管理官と年齢はそう変わらないように見える。管理官と同じく本庁からやってきた人なのに女性たちの話題に上らなかったのは、小太りな外見と寂しい後頭部のせい……いや、違う。管理官が男前すぎて目立たなかっただけだ。さっき声をかけた人だって話題になってなかったし、この人はこの人で癒やし系の魅力がある。

「すみません。岩木さん？」

話しかけると、岩木さんがこちらを振り返った。振り返ったということは岩木さんで合っているはずだ。

「これを届けるようにと」

「ああ。ありがとう」

声が渋い。

小太りの体型に、この渋い声はすごいギャップだ。

「どうかしたか？」

「い、いえっ。すみません」

何故だか謝ってしまった。謝るようなことは何もしていないのに。

「では失礼します」

後は帰るだけだ。ミッションは終了した。

再び気配を殺してこそこそとその場を去ろうとしたところで、気を抜いていたのだろう。

ガッ、と足に何かが引っかかった。

時間が止まるっていう感覚を初めて味わった気がする。

僕が足を引っかけたのは笹沢課長の、マイクのコードだったらしい。

僕の足に引っ張られたマイクは、笹沢課長の話を中断させただけじゃなく、床に転がって派手な音を響かせる。ガンッ、ゴンッとスピーカーを通した音は随分痛々しい。

そして、僕は……。

情けなく床に転がっていた。顔を上げるのが怖い。階段でなくてよかったなんて思えない。人目のない階段の方がよっぽどマシだった。

笑い声のひとつでも聞こえてきたら起き上がりやすいけれど、会議室は沈黙に包まれている。

「よく転ぶな?」

すっと目の前に手が差し出された。

指が長い。少し関節が太い、男性の大きな手だ。

ゆっくり顔を上げると木浦管理官が僕の目の前に屈んで、手を伸ばしていた。

「……っ！」

木浦管理官。

また木浦管理官！

「す、すみませんっ」

見渡さなくてもはっきりわかる。会議室中の視線が集まっているのが痛いほど伝わってくる。

慌てて手を取って、立ち上がる。そうしてから、この手を取ってよかったものかと悩んだ。僕は自力で起き上がるべきだったのでは……？

申し訳なくて手を引こうとするけれど、木浦管理官に握られた手が離れない。

「あの……？」

力を入れているのは向こうだ。僕じゃない。

「手を」

離してください、と言おうとしたとき、怒鳴り声が聞こえた。

「お前っ、何をしているっ！」

笹沢課長だ。無理もない。今は笹沢課長が主役のアピールタイムだったはず。僕はその晴れ舞台でマイクを奪った。

「す、すみませんっ！」

慌てた謝罪は、ひっくり返った声になった。

「大変、失礼しましたっ！」

木浦管理官の手を振り払って、ばね仕掛けの人形みたいに頭を下げる。

岩木さんがマイクを拾って、音を確認している。よかった。マイクは壊れていない。

管理官もゆっくり席に戻っていく。

「この会議がどれだけ大切なものかわかって……」

笹沢課長がこちらに足を向けようとしたところで、岩木さんが笹沢課長にマイクを差し出した。

「マイクは大丈夫だ。続けてくれ」

冷静なその渋い声に、笹沢課長も口を閉じる。

マイクを受け取った笹沢課長は、僕をぎろりと睨《にら》みつけてから定位置に戻った。続けてくれと言われたからには、これ以上追及することはできないだろう。

「申し訳ございませんっ！　失礼します！」

そこからはもう、会議室を逃げ去るしか選択肢はない。

振り返ることもなく、人生最大の早足で会議室を飛び出した。

「立浪くん、大丈夫?」

会議室でやらかして戻ってきた僕を慰めてくれるのは、井本さんしかいない。

「大丈夫じゃないです。笹沢課長の持っていたマイクに足引っかけて転んで、会議中断させました」

手短にそう言うと、井本さんが横を向いて肩を震わせた。笑うなら、いっそ豪快に笑ってほしい。

「やるねえ、立浪くん。笹沢課長、今回の事件に気合い入ってたからかなり怒ってたんじゃない?」

無言で頷くと、課内が容赦ない笑いに包まれた。

そう、これだ。こうして笑ってくれた方が心が随分楽になる。あの沈黙はきつかった。

笹沢課長は階級意識が強くて態度が横柄だ。交通課では嫌われている。刑事課ではどうかは知らないけど。

これから先、笹沢課長から好意的な視線を向けられることはないだろう。別に好意が欲しいわけじゃないけれど、気分は落ち込む。

「がんばれ」

ぽんと井本さんが僕の背中を叩《たた》いてくれた。会議室に送り出したときの無責任ながんばれよりはよっぽど心がこもっている気がする。

「立浪」

名前を呼ばれて振り返ると、課長が電話の受話器を置くところだった。また何か頼まれたようだ。うちの課長は笹沢課長と違ってお人好《ひとよ》しで、よく署内で頼み事をされている。そしてそれを断らない。

「はい、会議室の片づけですか？」

それなら言われなくても出向くところだ。たとえどんなに気まずくても、仕事は仕事。そう思ったのに、課長はゆっくり首を横に振った。

「木浦管理官が、運転手をひとり出してほしいらしい。お前、どうだ？」

「は？」

思わず、聞き返してしまった。

「運転手、ですか？」

どうしてそういう話になったのだろう？

運転は嫌いじゃないけど、運転手ならお抱えの人がいそうだし、何より僕みたいな若いのに頼まなくても木浦さんに取り入りたい人や、運転の上手い人はたくさんいるはずだ。

「どうやら木浦管理官の運転手が急病で入院したらしい。いつ出かけるかわからないから、常に待機となる。だから若いのでいいと……」

なるほど。ベテランを業務から外さないためか。すみません。まだなんの役にも立たない若いので。

課長の声はよく響く。この話を、課内の全員が聞いていないふりをしながら、聞いている。井本さんの目も若干、輝いている気がする。『引き受けて。そして紹介して』という声が聞こえてきそうだ。

「ぼ、僕には荷が重くて」

「大丈夫、大丈夫。木浦管理官、案外いい人かもしれないし」

案外いい人かもしれない？

それは、現時点で課長はそう思っていないということじゃないか。

「課長……」

「本部から来たキャリアのご指名を断れるわけないだろう。諦めなさい」

「待って。指名なんですか？　さっき、若いのでいいとか言ってたのに！」

僕が食いつくと、課長はしまったという表情で曖昧に笑う。

「まあ、キャリアと仲良くなるのはいいことだよ。うん」

「見切られたらどうしたらいいんですか？」

僕はもう、すでに木浦管理官の前で醜態を晒《さら》している。大人になってから転ぶなんて滅多にないのに、その滅多にないことが二回も続いて……そしてそれが木浦管理官の目の前での出来事という奇跡。

困ったちゃんを印象づけているはずなのに、どうしてご指名がかかるのか。

「なんとか断れませんか……?」

「ははは。無理に決まっている」

こういうところで笑いはいらない。

「運転手なら、それほど会話があるわけじゃない。木浦管理官も忙しい人だし、大丈夫!」

お前、どうだ? から始まった会話だったはずなのに、僕の意思など関係なかった。

「がんばれ」

井本さんの可愛い声なら元気も出るのに、課長のしわがれた声では元気も吹っ飛んでいってしまうみたいだ。

「……できる範囲で」

それでも、そう答えるしかなかった僕はやっぱり組織の人間だ。上からの命令には逆らえないし、課長も同じだと理解している。つまり、抵抗は無意味だ。

「失礼します」

派手に転んだ現場に戻ると、人は三分の一くらいになっていた。

さっきまで木浦管理官がいた最前列に行くが、あいにくと管理官の姿はない。かわりに岩木さんがそこで笹沢課長と話をしていた。

捜査本部は、殺人のような重大な事件が起きると、所轄署などに設置される。休日返上で遅くまで仕事になる。家に帰れない場合も珍しくない。

邪魔するわけにはいかないなと少し離れて待機する。木浦管理官が戻ってくるかもしれないし、戻ってこなければ会話が終わった後に岩木さんに聞けばいい。

そう思っていたのに、ふと顔を上げた岩木さんと視線が合ってしまった。

「立浪」

岩木さんが僕の名前を呼んだことに驚く。まだ自己紹介はしていない。名札があるわけでもないし。

「は、はいっ」

「管理官は、出て左の第三応接室にいる。これから管理官の部屋となるので、そちらへ行くように」

やっぱり渋めのいい声だ。……ではなくて、第三応接室？

そんな部屋があっただろうか。きっとあまり使っていない部屋だろう。まあ、出て左に行けばわかるはずだ。

「ああ、そうだ。立浪」

第三応接室に向かおうとしていた足を止める。岩木さんがこちらへ向けて歩いてきた。小太りなのに、姿勢がいい。きっと何か武道をやっている。柔道をやっている人はよく見かけるが、そういう歩き方じゃない気がする。そんな気がするだけだけど。

「管理官が誰かを指名することは珍しい。よろしく頼む」

「え、あっ……、はい」

指名……。

やっぱり木浦管理官が僕を指名したのか。

指名される要素がさっぱりわからなくて内心で首を傾《かし》げてしまう。

「あの人はよく寝食をおろそかにする。少し厳しめに食事と睡眠とに気を配ってくれ」

僕が頼まれたのは、ただの運転手なんですが？

「何か気になることがあれば気軽に相談しに来てくれていい。これは俺の携帯だ」

そう言って、岩木さんは名刺までくれた。なんの役にも立たない僕にだ。

これは何か大変な役割を引き受けてしまったのかもしれない。

自慢ではないが、僕はよく気のつく方ではないしミスだって多い。

さっきの会議で見事に転んでしまったように、重要な場面でやらかしてしまうことさえある。

「あの……僕ってただの運転手ですよね？」

「ああ。そういうことになっているが、管理官の雑用全般だ。管理官は基本、部屋にいるのでこちらとの連絡なども行ってもらうようになるだろう」

うわ。ただの運転手じゃなかった。

やっぱり引き受けるのではなかったと思うが、断れなかったのだからどうしようもない。

「じゃあ、頼んだぞ」

最後にばんっと肩を叩かれた。武道経験者（仮）に叩かれると、僕はふらりとよろけてしまう。向こうは気軽に叩いているつもりでもちっとも軽くない。

「ああ、すまん！　とにかく、頼んだぞ」

岩木さんが笑いながら笹沢課長のところへ戻って、僕はまた笹沢課長に睨まれた。


「立浪香寿です。よろしくお願いします」

少し緊張しながら頭を下げた僕をちらりと見て、木浦管理官は手元の資料に視線を戻した。

いや、僕だって『よろしくね、木浦です。気安く木浦っちって呼んでくれ』とかそういう返事を期待していたわけではないけれど、もう少し会話があってもいいんじゃないか。

木浦管理官は捜査本部の近くの応接室を自分の部屋にしてしまっていた。ソファセットと偽物の観葉植物しかなかった部屋に机や椅子を持ち込んで個室のできあがりだ。

それにしても、あんな立派な机と椅子、よく余っていたな。僕の椅子はずっとぎしぎしいっていても、ちっとも新しいものに替えてくれないのに。これが警察内部の権力というものだろうか。

「コーヒー」

「は？」

資料から視線を上げないまま言われた言葉を聞き損ねて、首を傾げる。

「ホットのトールサイズ、カフェオレ。ミルクはアーモンドミルク。ミルク多めで対比は七対三。朝はそのまま、夜はホワイトシロップ追加。スリーブは必ずつけること。三回に一回はキャラメルソースを二周半かけてくれ」

何か呪文のようなことを言われた。

メモをする間も、覚える間もなくて僕は瞬《まばた》きする。

「えっと？」

「コーヒーショップくらい行くだろう」

行く。行くけれど、季節ごとに出る商品を頼むくらいで実はコーヒーを頼んだこともない。

「復唱は一度だけだ。トールサイズのカフェオレ。アーモンドミルク。対比は七対三。夜はホワイトシロップ。スリーブ。三回に一回はキャラメルソースを二周半。わかったな」

わかるわけない。そんな呪文を唱えないでくれ。しかも二回目は省略してたし、早口だった。

「カードを渡しておく。足りなくなる前に言え」

ぽいっと渡されたのはコーヒーショップのカードだ。

「駄賃にお前のぶんも頼んでいい。ひとまず、買ってこい」

買ってこいって……。僕は自分の制服を見る。

最近は休憩時間にコンビニに行くことに制限はなくなったけど、さすがに制服姿の警察官がコーヒーショップに並んでいたら怒られる。苦情電話ならまだいいけど、ＳＮＳに晒されたら終わる。そんなことになれば善し悪しは関係なく処分対象だ。

コーヒーショップ自体はそう遠くない。歩いていっても三分程度の場所にある。着替えるのは面倒だけれど、仕方ないかと更衣室へ向かった。


できるだけ急いで着替えて、コーヒーを買った。

温かい方が嬉しいだろうと、そのまま管理官の部屋へ行く。通勤用にしているとはいえ一応スーツだから大丈夫なはずだ。くたびれ具合はがまんしてもらおう。

僕の飲み物？

買えるわけない。買ったところで木浦管理官の横ですました顔で飲む勇気はない。

「お待たせしました!」

「違う」

ひとくち飲むなり、木浦管理官は眉をひそめた。

「え、でもミルクが入るのって」

コーヒーにミルク多めでと言ったところ、カフェラテですか、カフェオレですかと聞き返された。違いはわからないが、このコーヒーショップのメニューでカフェオレなんてあまり聞かない。いや、最近聞いた気もしてきた。困って店員に人気なのはどっちと聞いたらラテだと言われてそれにしたが、違っていたらしい。

「あの、メモを取るのでもう一度教えてくれませんか?」

木浦管理官はまたひとくち飲んで眉をひそめる。そんなに嫌なら飲まなきゃいいのに。

「もういい。一度本庁に戻るから、車を出してくれ」

もういいってなんだろう。僕にコーヒーを頼むことを諦めたのだろうか。こっちは間違えたくなくて聞いているのに。文句はあるが、ぐっと飲み込む。これはストレスとの戦いになるかもしれない。

立ち上がった木浦管理官は、僕の返事も待たずに歩きだす。

管理官の車は地下だ。この車だと言われたのは有名な国産高級車。これを運転できる嬉しい気持ちと、ぶつけたらどうしようかという不安な気持ちで複雑だった。それはいいとして、木浦管理官が前を歩いているこの状況では、木浦管理官より先に車にたどり着けない。車を回すのに時間がかかってしまえば、長く待たせることになる。

「表に車を回します」

「表で待つのも面倒だ。一緒に行けばいい」

その言葉は意外だった。

キャリアの木浦管理官が巡査である僕と一緒に行動するというのがまず、ありえない。まあ、そもそも所轄の巡査を運転手にするだけで十分おかしいけれど。

手に持っているものはコーヒーとスーツの上着。

スリーピースのかっちりしたスーツは上着を手に持っていてもまったく着崩した感じがしない。それはどことなく張り詰めているような管理官の雰囲気にもよる。

あのコーヒーショップのカップを持って歩くのが似合うのは、ニューヨーカーだけだと思っていた。日本人でも似合う人がいるんだと知って……それからハッと気づく。

どうせ外に出るなら、その途中で買えばよかったんじゃね？

さっきから何度かカップに口をつけているが、そのたびに眉間に皺《しわ》を寄せているのもなんとなく腹が立つ。そんなに気に入らないなら、飲まなければいいのに。

「何をしている。置いていくぞ」

管理官が部屋のドアを押さえて待っている。

慌ててドアを通ると、管理官は部屋に鍵をかけて歩き始めた。

さらにおかしいと思ったのは廊下をしばらく進んでからだ。

同じ速度で足を出しているのに、僕は管理官に引き離されようとしている。認めたくはないが、これがリーチの差というやつだろうか。

「エレベーターは使わないのですか？」

階段に向かっているようだと気づいて問いかける。

「捜査本部に関わる刑事は急ぐ用事もあるし、体力も使う。そういう人間が優先的に使った方がいい」

てっきり健康に気を遣ってとか、そういう答えが返ってくると思っていた。上司の中でもかなり上の立場にいる人がそんなことを言うとは思っていなくて、意外だった。

会議室のある五階から階段を使う人は少なくて、コツコツと足音が響く。なんとなく沈黙に耐え切れなくて、僕は口を開いた。

「あの、本庁へはどういった用事で？」

「捜査本部が立ち上がると聞いて急いで来たからな。持ち出しておきたい資料が残っている」

「じゃあ誰か人を……」

「いや。他の事件にも関わる資料だ。おいそれとは持ち出せない」

なるほど。持ち出すためには管理官の権力がいるのか。そういうのも人任せにはしない。コーヒーのオーダーは細かいけれど、仕事に関してはきちんと筋を通している人なんだろう。

「それと、立浪。明日から私服で来い。運転手が制服だと目立つ」

「は、はいっ」

そう答えたものの、内心憂鬱になった。

だって、私服ということはスーツ。

通勤にしか使わないときと違って、頻繁にクリーニングに出さなくてはならなくなるし、そのための替えは十分じゃない。

「何か不満か？」

「いえ、そんなことは！」

不満だなんて言えなくて元気よく答えるものの、僕の表情を見て管理官は微《かす》かに笑う。

「もう少し、表情を隠す訓練をした方がいいな。警察で嘘《うそ》をついてもすぐにバレるぞ」

「嘘ではありません。ただの気遣いですのでお気になさらず」

「気遣い……」

管理官は少しだけ目を見開いて、それから横を向いた。肩が震えているから、どうやら笑っているらしい。見た目の冷たさとは違って笑い上戸なのかもしれない。

あんな高そうなスーツを着ている管理官にはスーツ二着目半額で買うのを悩む庶民の気持ちはわからないだろう。

「それと、俺を呼ぶときは役職名をつけるな」

「え？」

「調査に行ったとき、呼び変えるのは不便だ。それに役職なんぞコロコロ変わる。いちいち、覚えていられないだろう」

なるほど。管理官はキャリアの中でも出世の早い人なのかもしれない。順調に出世しているから役職名が変わる。

「わかりました、木浦さん」

五つも年上ではあるけれど、呼び捨てにしろと言われているわけではないし。

「ああ、それでいい」

管理官……木浦さんの手が僕の頭にぽんと乗せられる。どうやら身長差のせいで、ちょうどいいようだ。払いのけるわけにもいかなくて無表情に徹するとまた笑われた。表情を失《な》くすのは上手くいってないらしい。

署長の車のすぐ隣に停《と》めてある木浦さんの車のキーは僕が預かっている。ドアは開けた方がいいよなと思って足を止めると、木浦さんはすでに自分でドアを開けて乗り込んでいた。せっかちな人だと思いながら、慌てて運転席へ向かう。

エンジンをかけてバックミラーを見ると、木浦さんはすでに手にした資料と向き合っているところだった。

少し目を伏せたその表情は話しかけることもできないほど、真剣なものだ。

階段で助けられたとき、感情の読めない目だと思った。

コーヒーのオーダーは細かい。しかも教えてくれない。意地悪だ。

さっき、僕の言葉に笑っていたときはちょっとだけ近くに感じた。

その三つを纏《まと》めると、よくわからない。冷たいのか、意地悪なのか、笑い上戸なのか。

けれど今は……。

資料を見つめるその表情は、わかりやすい。真摯に向き合う人のそれだ。その真剣な表情で、木浦さんの本質が伝わってきた気がした。

ふと、ホワイトボードにあった笑顔の写真を思い出す。

僕に力はないけれど、こうして一生懸命に事件を解決しようとしている人がいることが少しでも彼女に伝わればいいと願った。

「じゃあ、三十分待っていてくれ」

本庁の地下駐車場の指示された場所に車を停めると、木浦さんはまた眉を顰めながらコーヒーを飲んで車から降りた。手に持ってるカップにはまだ中身が残っていそうだ。カフェラテとカフェオレにはそんなに違いがあるのだろうか。

「また署に戻りますか？」

「ああ。すぐに」

本庁から来る管理官となると、所轄の報告をただ聞いているだけのようなイメージだったが、木浦さんは自分で動くタイプのようだ。まあ、そうでなくてはわざわざ派遣されてきたりしないのかもしれない。

木浦さんが車から降りた後、運転席にもたれてゆっくりと首を回した。

交通課だから運転して現場に出向くことも多いけれど、キャリアの木浦さんを乗せての運転はやっぱり気を遣う。

「高級車ばっかりだなあ」

隣も前も、停まっている車はすぐに名前が出るようなものだらけだ。少し掠《かす》っただけでも、修理代は恐ろしいことになるだろう。

「気をつけないと」

最近、ようやく築四十二年の独身寮を抜け出してひとり暮らしを始めたばかりの僕とでは、住む世界が違う。あと五年先に僕が木浦さんのようになっている未来はありえない。

僕が車を買うにしても、選択肢は普通車か軽自動車かということぐらいだ。

「三十分か」

とりあえず、時間があるなと思って車から降りる。

本庁の地下駐車場に来ることなどあんまりないだろうと、ぐるりと駐車場を一周した。見学、というよりは建物の構造を把握しておきたい。捜査本部がどれくらいの期間になるかはわからないけれど、その間は僕が木浦さんの運転手だ。

一度、建物にも入って自動販売機でお茶を買った。さすがに本庁を見て回るような時間はないが、館内図の前で立ち止まってできるだけ頭に叩き込む。

さっき資料を確認していた木浦さんの表情を見るまでは、ただの運転手代理だと思っていた。

運転して木浦さんを目的の場所に連れていけばそれでいいと。

でも、それじゃダメだ。

少しでも役に立つようになりたい。僕にできることは少ないけれど、立浪に運転手を任せてよかったと言われるように……。ぐっと拳を握って、がんばれ僕！　と気合いを入れる。

気がつくと二十五分が過ぎようとしていた。慌てて車に戻ったが、まだ木浦さんは来ていないようでほっとした。

「そろそろかな」

あのスーツの着こなし方。コーヒーのオーダー。絶対、細かいことを気にするタイプだ。きっと三十分ぴったりで戻ってくるに違いない。

僕の予想どおり、木浦さんは三十分ちょうどに現れた。

エンジンをかけて、木浦さんの近くに車を寄せる。ドアを開けるために降りようとしたが、それより早く木浦さんは自分でドアを開けて乗り込んできた。

「待たせたか?」

「いえ。ちょうどです」

無表情、無表情と自分に言い聞かせているとバックミラーごしに目が合った。

「顔が引きつってるぞ?」

え、そんなわけはない。完璧な無表情のはずだと頬に手を当てる。

そうすると後ろで噴き出す声が聞こえた。どうやらからかわれただけのようだ。

「まっすぐ署に戻ってかまいませんか」

「ああ、頼む」

本当だな。署に戻るなり、コーヒー頼んだりしないよな?

木浦さんがエレベーターを使わない以上、僕が使うわけにはいかないし、まだオーダーは覚えていない。

えーっと、カフェラテではない方のミルクの入ったコーヒー。ミルク多め。スリーブをつける。

僕の記憶にあるのはそれくらいの情報だ。

人の顔なら覚えられるのに。

「立浪」

「はいっ！」

いきなり声をかけられて驚く。さっきまで資料を眺めていたのに、今はバックミラーを通じて僕を見ている。

「道が違う」

「はっ……え？」

思わず素になってしまった。だってナビはこっち……。あぁっ！　違う。一本手前を曲がるべきだった。

木浦さんの邪魔にならないようにと音声をオフにしていたのがまずかったようだ。

「すみません」

「無駄な時間はかけないようにしてくれ」

静かな声がやけにずしんと響く。

そうだよな。捜査本部が立てられたばかり。その責任者である木浦さんの時間は僕のミスで奪っていいものじゃない。

「はい、すみません」

「謝罪は一度でいい」

すみません、ともう一度言いそうになって慌てて飲み込む。

少しでも役に立つようにと決意したばかりなのに、さっそくやらかしている。

署に戻ったら、一度ルートをちゃんと確認しておこう。岩木さんに木浦さんの自宅の住所も聞いて、そっちのルートも頭に入れておかなきゃ。

木浦さんに、ちゃんと応えられるようにならないと。

すみません、とまた声には出さずにそう思う。

この言葉を言わなくていいようにがんばろう。


「カフェオレ、ください」

カウンターでオーダーを告げるのも慣れてきた。僕が木浦さんの運転手になって三日が過ぎている。僕は未《いま》だに木浦さんに正しいコーヒーを持っていくことができていない。

ちなみに今日は二回目だ。朝にも一回間違えている。

今は十五時。今日はまだもう一回くらい買いに行くチャンスはあるかもしれないが、いいかげん正しいものを持って帰りたい。

何度、オーダーを聞いても『違う』としか答えてくれない。岩木さんにそれとなく確認してみても、笑うだけで教えてくれない。昨日、やっとミルクの変更に気がついてアーモンドミルクにたどり着いたものの注文しているうちに何かひとつは忘れてしまう。

「はい。カフェオレ。ミルク多めで七対三。ミルクはアーモンドミルクに変更でよろしいですか？」

店員さんが笑顔で告げた言葉に僕は衝撃を受ける。

何故だ。

何故、この店の店員さんは僕より早くオーダーを覚えている？

僕がオーダーするときによくいる店員さんだけど、会話はあまりしたことがない。

年齢は二十歳くらいの男性だ。髪の色はグレー。最近はコーヒーショップの店員も髪の色は自由らしくて、色々見かけるようになった。うらやましい。職業柄、派手な髪の色にすることはできない。学生時代に少しくらい冒険しておけばよかった。

ひょろりと身長が高くて、眼鏡をかけている。昼から夜にかけてよくいるから、学生じゃない……と思うけど。

「あの……」

「スリーブ、おつけしますね」

コーヒーショップの店員さんはすごい。客の顔とオーダーをこんなに完璧に……！　僕はもう、オーダーを覚えていなくていい。

すっと心が軽くなって、ウキウキでカードを差し出す。カードの中身が少なくなったら言えと言われたがカードには万単位のお金が入っていた。いったい、どれくらいコーヒーを飲むつもりなんだろう。

「すごいですね。僕、いつまで経《た》っても覚えられなくて」

「だって、一日何回も来てくださるじゃないですか」

そう。僕は一日三回ほど、コーヒーを買いに行かされる。税金で養われている身として心苦しいが、どうせ運転手は常に待機していなければいけないのだ。使い走りでも仕事がないよりはいい。

「はい、どうぞ」

紙袋で渡されて、笑顔で受け取る。

これでコーヒーのオーダーは完璧だ。なんと言っても店員さんが覚えてくれている。僕はこの店員さんがいるレジにさえ並べばいい。

「鎌田《かまた》っていいます」

店員さんは名札を指さして自己紹介してくれた。

「あ、ありがとうございます。僕、立浪です」

「立浪さん。これからもお待ちしていますね」

「はいっ！」

鎌田くん、ありがとう。交通違反は見逃してあげられないけど、事故が起きたときはすぐに僕が駆けつけてあげる！

上機嫌で署に戻り、僕はドヤ顔でコーヒーを差し出した。

鎌田くんが正確にオーダーを覚えてくれたのは、いつも僕がアレが違ってたコレが違ってたと呟いていたからだろう。面倒臭い客で申し訳ないが、これからも鎌田くん頼みでなんとかなりそうだ。

木浦さんは少し不思議そうな顔をしてコーヒーを受け取った。

いつもなら、ひとくち飲んですぐに眉が寄せられるが今日は違う。今日は正しいオーダーのはず。

「……キャラメルソースは？」

「え？」

「三回に一回はキャラメルソース」

ああああ、そんなこと覚えているわけないだろう！　普通のオーダーですら忘れるのに！

そう叫びたいのを我慢して僕は無表情になる。

無表情、無表情だ。

何回も自分に言い聞かせるのは、木浦さんが笑っているからだ。無表情を意識するあまり、おかしな顔になっているんだろう。

「次回を三回目としてキャラメルソースつきでよろしいでしょうか」

「ああ。期待している」

木浦さんはすぐにパソコンの画面に向きなおった。

この三日でなんとなくつき合い方がわかってきた。木浦さんはわがままだ。けれど同時にこちらのミスを責めない寛容さはある。面倒臭いコーヒーのオーダーを間違い続ける僕を楽しんでいるような雰囲気さえ感じ取れる。

いや、実際楽しんでいるんだろう。そうでなければ、未だに間違い続ける僕を許せるはずはない。

木浦さんの使っている部屋に僕も自分用に小さな机と椅子を持ち込んだ。そうしなければ、立っているかソファに座るかだ。どちらも居心地が悪い。

運転手としてここにいる僕だけど、まあなんでもありの雑用係だ。コーヒーを買いに行くことはもちろんだが、他にもコピーや本部との連絡係なども行っている。

「木浦さんは、現場の視察などはされないのですか」

ふと口から疑問が出たのは、木浦さんが報告を受けること以外でこの部屋を出るのをあまり見ないためだ。

「現場は所轄が一番よく知っているし、報告書で疑問があれば聞いている」

パソコンの画面から顔を上げないまま、木浦さんが答える。

「俺が現場に行っても、新たにわかることはない。俺の仕事は情報を精査し、全体の指揮を執ることだ」

「でも」

「立浪は、現場が大切だと思うか？」

しっかり頷く。よく刑事ドラマでもそう言っていた。現場百回だっけ。

「じゃあ、それでいい。現場が大切な者もいる、情報が大切な者も、証言が大切な者も。お互いが得意な場所で能力を発揮して最善を尽くせばいい。それに……」

「それに？」

「俺が証言を聞きに行っても、腹を割って話してくれる相手がいない」

「ああ！」

思わず納得してしまって、ぎろりと睨まれた。

でも、あんなに高そうなスーツを完璧に着こなした木浦さんが道端で犬の散歩をしているおじさんに話しかけても、逆に怪しまれるだけだ。相手も緊張してロクに話してくれないに決まっている。

「立浪が得意なことはなんだ？」

そう聞かれて、僕は少し首を傾げた。

「僕が得意なことですか」

「ああ。運転は普通だし、コーヒーのオーダーも覚えられないが、何か得意なことくらいあるだろう」

余計なお世話だ。

けれど、僕にはひとつ特技と言えるようなものがある。

「僕は人の顔を覚えるのが得意です」

胸を張ってそう言ったのに、残念な顔をされた。

「警察官なら、顔を覚えるのは得意だろう？」

「あ、馬鹿にしてますね。そんなレベルじゃありません。写真でも、画像でもはっきりと覚えてます。人込みの中からでもひとりを見分けられます」

風景を写真として細部まで覚えるような能力を持った人がいるというが、僕もそれと同じレベルで人の顔を覚えることができる。

警察官になったのも、その特技をどこかで活《い》かせないかと考えたからだ。

「ほう？」

「変装してたってわかりますよ。芸能人とか街で見つけるの得意です」

「雑誌の記者になればよかったんじゃないか？」

いや、それは……そうかもしれない。

顔の見分けはつくが、警察官としての能力はいまいち……。いや、僕はまだ発展途上のはずだから、それはおいおい身についてくるはずだ。

「じゃあ、俺のマンションの警備員の似顔絵を描けるか？」

「似顔絵……」

「描けないのか？」

挑発するような声に、思わず描けますと言ったのは失敗だった。

「……」

ソファに挟まれた低いテーブルの上にある、丸が並んだ絵に木浦さんが難しい顔をしている。

「人？」

まずそこから疑われるのか。

「人の顔ですよ！　これが目で、これが口！」

「まあ、確かにお前が会った警備員は三人か」

僕が描いたのは三人の警備員の似顔絵だ。

「最初に会った人は眼鏡をかけた五十代、男性。薄い唇に、一重《ひとえ》瞼《まぶた》。耳たぶが大きかったので、幸せな人です！」

ばん、と一枚目を指さす。

「次は三十代の男性。身長は百七十前後。痩《や》せ形で、左右の目の大きさが少し違う。鼻の脇にほくろがありました。三人目は六十代男性。白髪交じりで、少し前方が寂しい方です。小太りですが、がっちりとした体つきだったので何か武道をやってると思います」

それぞれの絵を説明していく。細かい特徴をあげているのはちゃんと僕が覚えていると証明するためだ。表現する画力がないのは残念だけど。

「特徴は合っているな。絵は残念だが」

うわ。残念だってはっきり言ったよ、この人。

「絵は無理でした」

「最初からそう言え。絵は無理か……。じゃあ、人の顔は覚えていてもお前の頭の中だけということだな」

そのとおりだ。正直、アウトプットのできない情報なので役に立つことが少ない。

「じゃあ、お前はここで待機している間、これを見ていればいい」

僕用の小さな机の上に木浦さんがノートパソコンを一台置く。開いたページにアクセスして、出されたのは過去の犯罪者のデータベースだった。

「人の顔を覚えるというのがどのくらいの容量なのかは知らないが、覚えられる範囲で頭に叩き込んでおいて損はない。そういった蓄積が、数年後にお前の評価に繋《つな》がる。何もできない期間を、ただ何もできないからと過ごすな」

「……」

「なんだ？」

「いや、面倒見いいんだと思って」

「人をなんだと思っている」

少し眉を寄せる様子に笑ってしまう。視線を感じて顔を上げると、笑ったところをばっちり見られていた。

「ええっと……」

こういうときは無表情だと思うけれど、やっぱり難しくて頬が引きつる。無表情はいったいどうやったら身につくのだろう？

「木浦管理官」

部屋がノックと同時に開かれた。

すっと、木浦さんの顔から表情が消える。無表情のお手本がここにあった。眉を寄せずに、唇は真横。後は……。そうやって観察していると、木浦さんの頬がぴくりと動いた。観察していたのがバレたらしい。慌てて視線を開かれたドアへと移す。

そこにいたのは笹沢課長だ。嫌な人がいたと思ったのは向こうも同じようで笹沢課長はちらりと僕を見て顔を顰《しか》める。

僕の机のそばに木浦さんがいるのが気に入らないらしい。

所轄の刑事が本庁に行こうと思ったら、どうしても推薦してくれる人が必要になる。出世意欲の高い笹沢課長は何かと用事を見つけてこの部屋にやってくるが、逆に言えば用事を見つけなきゃ来られない。運転手というだけで、この部屋にいる僕がうらやましくて仕方ないようだ。

「どうした」

「被害者の友人から、つき合っていた相手と揉《も》めていたようだと情報がありまして」

「それで？」

「もしかしたらその線もあり得るのかと」

「……おかしいと感じた箇所は？」

得意げだった笹沢課長の顔が少し歪《ゆが》んだ。

「は？」

「つき合っていた相手と揉めていたのはわかった。他に何か裏づけるようなことがあったから報告に来たのだろう？」

笹沢課長を見る木浦さんの目が冷たい。もしコーヒーのオーダーを間違えたときにあんな目で見られていたら、間違えたものを堂々と持っていけない。いや、別に堂々と持っていっているつもりはないが。

「は、はい。事件当日はバイトの日でしたが、勤務は終えている時間です。犯行は十分に可能かと」

「勤務を終えてからの動きは？」

「まだ裏は取っていませんが、犯行現場にたどり着く時間はあったかと」

「笹沢」

木浦さんに名前を呼ばれて、笹沢課長の目が期待に輝いた。けれど、木浦さんは大きく息を吐き出し、首を横に振った。

「つき合っていた相手と揉めたことは、捜査のきっかけとなる出来事だ。それに気づいたことは素晴らしい。だが、その線があると判断するには早すぎる。抜けのないよう、裏は取れ。揉めた内容がどういったものか。またどれほど深刻な様子だったのか。被害者はそのことで恐怖を感じていたのか。そこまで調べて資料を纏めろ。それとも、細かく指示を出さなければ動けないか？」

「いえっ！　すぐに！」

笹沢課長が慌てて部屋を出ていく。

出ていく直前、ちょっと睨まれた気がするのは僕が無表情に徹し切れていないせいだ。

「被害者が彼氏と揉めてたって、けっこう重要な情報じゃないですか？」

しかも犯行が可能な時間にバイトが終わっている。まだ裏は取っていないと言っていたけれど、途中で報告しておきたい気持ちも理解できる内容だと思う。

木浦さんは僕を見て、笹沢さんに見せたように再び大きく息を吐いた。

「被害者の友人というと、同じく十九歳の女子大生だ。彼氏と揉めた話は面白おかしく広めている。笹沢が報告に来る前から、いくつか証言は取れている。その彼氏は被害者が亡くなってからかなり気落ちしていて食事もまともにとっていないそうだ。部下がひとり、話を聞いてきたがとても人を殺せるようには見えない健全な青年だったと聞いている。殺害時間にはバイトが終わっていたが、バイト先で友人と話していて帰りは遅くなったという証言もあるし、防犯カメラの確認も終えている」

うわ。笹沢課長、すごく出遅れてる。もうアリバイの確認も取れてるじゃん。

「じゃあ、それを笹沢課長に言ってあげれば……」

「笹沢は捜査本部の中心近くにいるはずだ。情報共有ができていないのはひとりで突っ走っている証拠だろう。そういう奴は、事件から少し離しておいた方が他の者が動きやすい」

ひくっ、と顔が引きつった。

怖い。キャリアの考えることって怖い。

笹沢課長がひとり離れている方がいいと判断したから、しなくてもいい捜査に回した。

しかも命令ではなく、自分から動くように誘導して……。それを覆してまで他の捜査に当たるにはそれなりの確証が必要だ」

「でも連続殺人だって決めつけて犯人を逃がしちゃったら……」

「逃げられないな。もしその彼氏が犯人だというなら、なおさらだ。カッとなって恋人を殺しましたで終わる事件なら俺たちは犯人を取り逃すようなことはない。まずは連続殺人の可能性を潰してからそちらに人手を割いても十分に間に合う。最優先は次の被害を防ぐために連続殺人の犯人を少しでも早く捕まえることだ」

木浦さんはふっと息を吐く。

目頭に手を当てるのは、このところあまり寝ていないからだろう。

木浦さんをマンションに送るのはいつも深夜すぎ。戻ってもシャワーを浴びて着替えてくるだけだ。木浦さんが仕事をしている間、ほぼ待機で希望すれば仮眠もとりに行ける僕とは違う。

せめて少しでも休んでほしいと、木浦さんの腕を取った。

「なんだ?」

そのままソファに連れていくと、ようやく僕の意図を察してくれたらしい。おとなしくソファに座って背もたれに大きく体を預ける。

「お前も座れ」

隣を指されて、少し戸惑った。男がふたりソファに並んで座るっておかしくないか？

「いいから」

再度促されて、渋々腰を下ろす。

応接室だったとはいえ、あまり使われていなかったソファは固くて座り心地はあまりよくなかった。

「井上梨乃《いのうえりの》、十九歳。大学生」

木浦さんがぽつりと呟いた名前に僕は顔を上げる。それば今回の被害者の名前だ。

「父は雄太《ゆうた》。母は百合《ゆり》。妹は中学生。姉妹の仲がよくて、妹は事件以降部屋から出てこない」

ホワイトボードに貼ってあった笑顔の写真を思い出す。

捜査資料として家族から提供を受けた写真だろう。家族はどんな思いでそれを提供してくれたのか。

「橋部文子《はしべふみこ》、二十五歳」

次に告げられた名前にハッとした。

「それは……」

「連続殺人が疑われている被害者のひとりだ。被害にあったのは三月二十九日」

今日が四月二十八日だから、ひとり目は約一カ月前のことになるのか。そんなに前のことじゃない。

「別れた夫との間に五歳になる双子の男の子がいる。今、息子ふたりは祖父母の家に。父親が引き取りたがっているが、祖父母が頑として認めていない。裁判になるかもしれないな。母親が亡くなったばかりで息子たちが裁判に巻き込まれるのは精神的にキツイだろう」

ゆっくりと目を閉じる木浦さんの表情はよく見えない。

「事件は未解決で、所轄で捜査が続いている」

「他にもいるんですか？」

いてほしくはなかったけれど、木浦さんはまた別の名前を口にした。

「堂本《どうもと》詩織《しおり》。二十二歳。就職のため、群馬県から上京。襲われたのは四月十五日。会社の歓迎会の夜。ご両親がいつまでも現場で泣いていた。趣味はピアノで、たったひとりの子供だったらしい。苦労して大学を出て、これからだった。上京した初日に駅で弾いたストリートピアノの動画が出回っている」

資料を見れば、名前や年齢はわかる。けれど木浦さんが呟く情報は並べられた文字だけではない気がした。

「現場は任せるんじゃないんですか？」

「被害者は被害を受けた人だ。そんなことになる前に守らなければならなかった人たちだ。いくら頭を下げても足りない。謝るのは立場のある人間の仕事だ」

木浦さんは、親族に会いに行ったのか。

そして親族に頭を下げた。見た目からは、一度も謝ったりしたことのないような人間に見えるのに。

「被害者間には驚くほど共通点がない。住んでいる場所も、年齢も生活圏も違う。だから個別の殺人の可能性を捨て切れなくて、合同の本部が立てられない。なんとかここでこの事件はひとつだという確証を得たい」

木浦さんはぎゅっと眉を寄せる。

積み上げられた資料は、今回の事件のものだけではないのだろう。

「でも、逆にどうして木浦さんは連続殺人だと思っているんですか?」

「傷だ」

簡潔な答えだった。それはきっと致命傷のことだろう。

「被害者は三人とも後ろから腎臓付近を狙われている。突発的な殺人なら、狙うのはもっとわかりやすい場所だ。犯人は冷静に被害者を殺そうとしている」

低い声にぞくりとした。

「刺し傷の特徴から犯人は左利き。同じ時期に殺人を犯した左利きの人間が複数いたとしても、その殺害方法まで酷似する可能性は低い」

人を殺すということを分析するのが、これほど心にずしんと重みを残すものだとは思わなかった。

百歳の老人が寿命をまっとうしたとしても、死は怖い。

誰でも怖いものだ。そうとわかっていて、他人の命を奪える人間がいるとは信じたくない。

「ああ、悪い。お前は交通課だったか」

僕の怯《おび》えが伝わってしまったみたいだ。

「すみません。無表情は難しいです」

「いい。警察官全員が無表情では困る」

さっきも、得意な場所で能力を発揮して最善を尽くせばいいと言っていた。細かいだけの面倒臭い上司かと思っていたが、そうではないのかもしれない。

「お前のような奴は、そうだな。うん、交通課は合っている。それも警察の大切なピースのひとつだ」

「木浦さんは、どうしてキャリアを目指したんですか？」

何か目標でもあるのだろうか。

組織改革をしたいだとか、悪者は全部捕まえてやるとか。とりあえず、公務員であればなんでもいいやと思っていた僕とは違うものが……。

「……ドラマだ」

「は？」

思わず、声が出た。

「子供のころに見たドラマで、本部からやってくるキャリアが格好よくてな。俺も顎で所轄の刑事を使ってみたかった」

真剣な顔をしてそう言うから、思わず笑ってしまう。

「いや、本当だぞ。きっかけなんてそんなものだ」

そういえば、わざわざコーヒーショップでコーヒーを買ってこさせる人だ。格好つけたりするような要素があるのかもしれない。ものすごい偏見だけど。

「お前は？」

「え？」

「警察官になった理由」

あー。

そうか会話の流れで聞かれるよね。まあ、きっかけがドラマだと聞いた後なら大丈夫か。

「人の顔を覚えるのも得意だったので向いてるかもしれないと思ったのもあるんですが、単純に公務員になりたかったんです」

「ほう」

「その、安定した仕事が欲しくて」

笑われるかと思ったが、木浦さんはゆっくり頷いた。

「どうして安定した職業がよかったんだ」

その問いには少し答えにくい。たいていの人が公務員になりたかったと言うと、笑って納得してくれる。その奥の理由を聞いたりはしない。

「まあ、色々です」

無表情は上手く作れない。微妙な顔で答えると、木浦さんはまたゆっくり頷いた。

ひと言で言ってしまえば、ありきたりな理由だ。

母子家庭で、弟が中学生。

けれど、そのせいで苦労しているのだとは思われたくない。僕の苦労なんて、笑い飛ばせる程度のものだ。

「色々か」

ぽんと頭に乗せられた手に、随分子供扱いされていると思ったが、木浦さんから見れば僕は幼いのかもしれない。

「殺人事件の話を聞いて怖がる警察官ですけど」

「いい。そういう怯えは大切なんだ。こういう事件に多く関わっていると感覚が麻痺《まひ》してわからなくなることがある。だが、殺人の怖さと異常性を受け止められる人間になるべきじゃない」

そう、かもしれない。

「事件に多く関わったからといって、それに慣れてしまうことは強さじゃないですよね」

僕の言葉に木浦さんが意外そうに目を見開いた。

「なんですか」

「いや。そのとおりだと思ってな」

木浦さんがふわりと笑う。こんな顔もするんだと思ったら、ドキリと心臓が跳ねて急に言葉が出なくなる。

「罪を犯した人間を罰するために警察があるわけじゃない。それを食い止めるために警察があるんだ。次の被害が起きてからじゃ、遅い。早く止めなければ」

木浦さんの眉間の皺が深くなるのは、ただ疲れているからじゃない。

「ふたり目のときに俺を責任者にしろと言ったが、三人目が出てようやくだ」

握りしめる手が、白く見える。

その手を見ていられなくて、無意識に自分の手を重ねていた。

木浦さんが驚いた顔で振り返って……。そして僕は自分のやってしまったことに気がつく。

「あ、いや。あの」

声が裏返ってしまう。木浦さんの手に重なった自分の手。この状況をどう説明していいかわからない。

「あのっ、これは……。すみません。手が、痛そうで」

上手い言い訳も思いつかない。これはもしかしてセクハラだろうか。上司に対してもセクハラと言うのか？　言う。きっと言う。

木浦さんに言い寄った女性警察官が左遷されたって聞いた気がするけど、こういうのも左遷対象だろうかと慌てて手を離した。

離そうとした。

けれど、離れる前に手を取られる。

「木浦さん？」

もしかして怒られるだろうかとそっと顔色を窺《うかが》うと、木浦さんも戸惑っているようだ。

「あ、いや。ああ、そうだな。悪くない」

何が？

頭が一瞬で疑問に埋め尽くされる。

何がそうだなで、何が悪くない？

というか、木浦さんのその戸惑った表情はなんだ？

どうして僕の手を握ったままなんだ？

「あの……」

「ああ、すまない」

僕が声をかけると、ようやく木浦さんが手を離してくれた。

「いえ僕の方こそ」

そう答えながら、なんだか居心地が悪い。

なんだこれ、なんだこれ、なんだこれ。

「あのっ！」

いたたまれずに、立ち上がった。

「コーヒー、買ってきます！」

さっき買ってきたばかりだけど。

「ああ、頼む」

木浦さんも僕の勢いに押されて頷く。

「つ、次はキャラメルソースで！」

ぎくしゃくと動き始めると、テーブルの角に脛《すね》をぶつけた。ガン、と響いた音に木浦さんが慌てて立ち上がる。

「大丈夫か？」

大丈夫じゃない。大丈夫じゃないけれど、今木浦さんに近づかれるとそっちの方が大丈夫じゃない気がする。

「だ、大丈夫です」

蹲《うずくま》りたいのを必死でがまんして、僕は部屋を飛び出した。

階段を早足で下りながら、さっきの出来事がぐるぐる頭を回る。

ごつごつした、大きな手だった。

違う。

違わないけれど、今僕が考えるのは木浦さんの手の感想じゃない。

「どうしてあんなことを」

確かに木浦さんの握りしめる手が痛々しくて、どうにかしてあげたいと思った。それなら、仕事でサポートするべきだ。

それなのに、手を握る？

もっとわからないのは、木浦さんが手を握り返したこと。

『悪くない』

その言葉が頭の中でリフレインだ。

悪くないって何？

気を抜くと顔が真っ赤になってしまいそうだ。それはおかしい。それは違うと何度自分に言い聞かせても、心が落ち着かない。

「どうしたんだ、僕……」

階段に人がいなくてよかった。こんな顔は誰にも見せられない。木浦さんみたいに無表情が上手く作れればいいのに。


「も、戻りました！」

部屋に入ると、木浦さんはまだソファに座っていた。少しでも休もうとしてくれていたのならいい。

ちょっと眠ったりして、さっきの出来事を忘れてたら完璧なのに。

「はいっ、コーヒーです」

紙袋から取り出して木浦さんの前のテーブルに置く。袋がまだ重たいのは、自分用のブラックコーヒーも買ったからだ。

ブラックコーヒーが好きなわけではない。むしろ今まで試しておいしいと思ったことなんてないけれど、今の僕にはそれが必要だった。

紙袋を持ったまま、隅にある小さな机に移動する。さっきは隣に座ったのがよくなかったのだ。木浦さんと適度に距離を取っておけば大丈夫なはず。

「ああ、ありが……」

コーヒーを口に運んだ木浦さんがぴたりと動きを止めた。

「……？」

今度は間違えていないはずだ。ちゃんと鎌田くんに頼んだし、キャラメルソースのことも伝えた。夜はなんちゃらシロップ追加だが、まだ十七時にもなっていない。シロップを追加する時間じゃない。

そう思いながら自分のコーヒーを口にして気がついた。

「こっちか！」

思わず、椅子から立ち上がる。

そう。僕が口にしたコーヒーはブラックじゃなかった。ミルク多めでキャラメルソースも入った、ほのかに甘いカフェオレ！

僕の勢いに木浦さんが肩を揺らして笑いだす。

「す、すみません！　すぐに取り換えましょう！　蓋《ふた》を変えちゃえば……」

「いや、いい。ちょうどブラックが飲みたい気分だった」

僕が飲むべきブラックコーヒー。

木浦さんは笑いながら、再びそれを口にする。その後に眉を寄せるのは、やっぱりブラックコーヒーが苦手だからなのだろう。カップを見つめる顔がどんどん不機嫌になっていく。

こんなにもブラックコーヒーが欲しいと思ったことはない。

「やっぱり……！」

もう一度、取り換えてもらおうとしたときだった。

「え？」

木浦さんが一気にコーヒーを飲んだ。

まだ熱いし、いつも甘めのものを頼んでいるのに、ブラックコーヒーを一気飲み？

「だっ、大丈夫ですかっ？」

「大丈夫だ。気にするな」

そのままカップもゴミ箱へ直行する。ぐしゃりと握りつぶされたカップは、木浦さんの苛立《いらだ》ちを全部引き受けてくれたみたいだ。さすがにもう一杯飲みますかとは言えずに、僕はいつも木浦さんが飲んでいるカフェオレを手に席に戻った。

だけど。

木浦さんの眉間から、皺が消えない。

しばらく経ってから見ても、ずっと深い皺が刻まれている。

やっぱり、ブラックコーヒーは苦手だったのでは？

そう思うけれど、今更どうしようもなくて次は間違えないようにしようと心に決める。

カフェオレ、ミルク多め。割合は鎌田くんに任せる。キャラメルソースは……あれ？　三回目にしようと思っていたのを僕が飲んじゃったから、次が三回目扱いでいいのか？　キャラメルソースを二周半。うーん、僕的にはもうちょっと甘い方が好みだなあ。三周半ぐらいでもいいんじゃないか？　そもそもくるっと一周違うだけでそれほど味に違いは出てくるのかな。

気になって飲んでいるコーヒーの蓋を開けてみる。キャラメルソースはとっくにミルクに溶けていてどれくらいあったのかわからない。

「立浪」

「はいっ！」

木浦さんに声をかけられて、勢いよく答える。いつもなら面倒だけど、またコーヒーを買ってこいというなら喜んで行こう。

「それを飲んでからでいい。この資料を本部へ届けて、頼んである他の資料を受け取ってきてくれ」

「いえ、すぐ行きますっ！」

どうせ本部も同じフロアだ。行ってきたとしても五分とかからない。コーヒーが冷めるような時間でもないし、ブラックコーヒーを飲ませてしまったお詫《わ》びにせめて働こうと立ち上がる。

「いや、後で……」

「大丈夫です。すぐ行ってきます！」

止める木浦さんから資料を奪うように……したのがいけなかった。

するりと手が滑って、バサバサと書類が床に落ちていく。

「あ！」

「何をしているんだ」

呆《あき》れた顔の木浦さんが立ち上がって、床に散らばった資料を拾い始めた。

「すみませんっ！」

僕も慌ててしゃがんで、資料を拾っていく。順番とか、わかるかな。ページナンバーが振ってあればいいけど。

集めていく紙の中、一枚の写真に目が止まる。それは遺体発見現場を写したものだ。ブルーシートで隠れている部分もあるけれど、掃除した後だと思われる濡《ぬ》れたアスファルトが生々しい。

周囲に野次馬が数人。携帯を現場に向けている人たちは、この場所を見て何を思っているんだろう。

「……ひとり目。橋部文子の事件だ」

手を止めた僕に木浦さんが教えてくれる。

「早く、犯人を捕まえましょう」

「ああ。わかっている」

資料を纏めて、順番を揃《そろ》える。ちゃんとページナンバーがあって助かった。

「じゃあ、行ってきます」

ひとり目の橋部文子さんは、双子のお母さん。

手に力が入りそうになって、慌てて止める。持っている資料をぐしゃぐしゃにするわけにはいかない。

木浦さんが被害者とご遺族について教えてくれたとき、僕の中に橋部文子さんというひとりの女性がくっきりと形作られた。

それは、あのホワイトボードの写真を見てしまったときと同じ感覚だ。

橋部文子さん、堂本詩織さん、井上梨乃さん。

こんな場所で名前をあげられるはずじゃなかった人たち。

それぞれの人生があったのかと思うと、胸が締めつけられる。

木浦さんが資料を見つめるときに真摯な表情になるのは、この気持ちと同じだろう。事件のことを文字で追うたび、被害者を思っている。そして、次の被害者を出さないことに真剣で……。ただ、それだけをまっすぐに考えている。

僕も、もっとしっかりしないと。

捜査の役には立たなくても、僕にだってできることはあるはずだ。

「失礼します」

捜査本部のドアを開けると、数人が振り返った。

会議もないときは、それほど人数がいるわけじゃない。その中に、岩木さんを見つけた。

「すみません。木浦さんに頼まれて資料を持ってきました」

「ああ。聞いている。あと、木浦さんに頼まれていたものはこっちだ」

いつ聞いても岩木さんの声は渋い。声だけなら木浦さんにも負けないと思う。

「どうかしたか？」

「い、いえっ！　すみません！」

何故だかまた謝ってしまった。岩木さんはそんな僕の態度に少し首を傾げながらも、茶封筒に入った書類を渡してくれた。

「立浪」

「はいっ？」

「木浦さんは、ちゃんと休んでいるか？」

その問いに僕は曖昧に笑うことしかできない。

それで十分察したらしく、岩木さんは軽く溜息《ためいき》をついた。

「木浦さんはこの本部に来る前から、事件のことでかなり無理をしている。今日は定時で帰れるよう、手配してくれ」

「え、僕がですか?」

「木浦さんはあまり人をそばに置かない。お前、木浦さんと会話をするか?」

「まあ、世間一般的に?」

ずっと一緒にいるのだ。会話くらいある。

「会話できるなら、よほど気に入られている証拠だ」

木浦さん、まさかのコミュ障か。

「僕なんて……。まだ木浦さんのコーヒーオーダー間違えるくらいなんで」

「まだ間違える?」

思ったより岩木さんの声が大きく響いて驚いた。

「待て待て。もう何日経った? あの人がそんなに寛容なことなんてないぞ」

岩木さんが額に手を当てて大げさに首を横に振る。

そんなに驚くようなことだったら、僕が木浦さんのコーヒーのオーダーを確認したときに教えてくれてもよかったのに。岩木さんはひどい人だ。

「お前、すごいな。それくらい気に入られているなら大丈夫だ。よろしく頼む」

いや、頼むと言われても。

「僕が何か言えるわけじゃ」

「言える。お前なら言える。おせっかいなふりして、木浦さんを家まで届けて休ませろ」

「そんな無茶な！」

「あの人が何日、家で寝ていないと思う？」

「え？」

僕が知っているのはここの捜査本部が立ち上がってからだ。

正直、シャワーを浴びに戻ったり着替えを取りに行ったりはしているが、それだけだ。まあ、捜査本部も立つような事件だ。数日、家に帰れないのは承知でいるんだろうと思っていたけれど。

「二週間だ」

「……」

二週間。それは多分、ふたり目の被害者が出た後くらいから。

その間、仮眠だけで済ませているのか。確かに木浦さんの部下としては心配だろう。

「今日は少し余裕がある。家に送り届けたら、お前は車ごと署に戻れ。明日、迎えに行くまで木浦さんがこっちに来られないようにしてしまえ」

「は、はいっ」

思わず、そう返事をしてしまう。

「頼んだぞ」

にやりと笑われて、顔が引きつった。

「できるだけがんばります」

ああ、やっぱり僕は無表情の練習をした方がいい。

「ありがとうございました」

かなり難易度の高いミッションを受け取って捜査本部を出ようとしたとき……、視線を感じた。

笹沢課長だ。

ぎろりと睨みつけるような視線に、それは八つ当たりだと叫びたいがそういうわけにもいかずに会釈だけして部屋を出る。

警察官の出世争いは、わりと露骨だ。僕にはまったく向いていない世界だと思う。

「それで？」

木浦さんの冷たい声に、僕は怯《ひる》みそうになった。けれど、だめだ。僕には岩木さんから与えられたミッションがある。

「何かあれば、すぐに岩木さんが連絡をくれます。木浦さんがまず休まないと、岩木さんも休めなくて大変です」

「岩木のために何かをしてやる必要はない」

「そういうことじゃなくて！」

ブラックコーヒーか？

僕が間違えてブラックコーヒーを飲ませてしまったからか？

「仮眠でも、ちゃんと寝ている」

「いいえ、仮眠は仮眠です。家でベッドに横になるのとは違います」

「必要ない」

「必要です。もう、ブラックコーヒー飲んだからって機嫌悪くならないでください！」

すぐに取り換えていれば、ずっと木浦さんが眉間に皺を寄せていることもなかったはずだ。

一気飲みが悪かったのか、ブラックコーヒーがダメだったのかはわからないけれど、あれからずっと機嫌が悪いのは確かだ。

「あれは……」

何かを言いかけた口が、途中で閉じられる。言い訳が好きじゃないのは自分に対しても同じらしい。

「今は、無理をするときだ」

「違います。無理をするのは捜査に進展があったときです」

主要な人たちからの証言はほぼ出揃って、今はその裏づけ捜査中だ。新しい情報はあがってきていない。

大きな判断はまだ必要じゃない。だから岩木さんも、今日なら木浦さんが休めると言ってくれたのだ。このチャンスを逃すわけにはいかない。

「ほら、荷物纏めてください。送りますから」

コーヒーのオーダーはうるさいし、僕に出す指示は短いものが多くて困る。

それでも、木浦さんが事件に対して手を抜かないのはこの三日で十分に理解できた。悪い人じゃないんだ。細かいだけで。

「……」

無言の木浦さんに、これならいけるかもと内心でガッツポーズする。

ダメなときは、何を言っても譲らない人だ。今、無言だということは悩んでいる。

今日はいつもより僕と会話することも多かった。時間に余裕があることは本人もわかっているんだろう。もうひと押しのはずだ。

「岩木さんだって心配してます」

僕より木浦さんに近い人だ。心配されていると伝えたらほだされてくれるかもと思ったのに。

「岩木、岩木とうるさいな」

「はい？」

木浦さんの視線が冷たい。自分の部下である岩木さんが僕と親しくしていると、部下をとられたみたいで面白くないんだろうか。

「お前は岩木とそんなに親しくなったのか？」

「え、いや……」

木浦さんが思うほど親しくはない。コーヒーのオーダーを確認したときに教えてくれなかったことはひそかに根に持っている。

「コーヒーショップの店員といい、岩木といい……。お前は、どうして」

「え？」

コーヒーショップの店員？

鎌田くんの話は木浦さんにしたことがなかったけれど、僕が鎌田くんに頼りきりなのがバレてしまったのだろうか。僕がコーヒーのオーダーを覚えたのではなくて、店員の鎌田くんが覚えてくれたなんて知ったら呆れられるかもしれない。

「あの、別に店員と親しいわけじゃないです。それに、岩木さんとも。木浦さんの用事がなければ、しゃべる機会もないですし」

言い訳するように、ぼそぼそと呟くと木浦さんが大きな溜息をついた。

「お前が誰と親しくしようと俺が気にすることじゃない」

確かにそのとおりだ。

「だがな、立浪」

のそり、と大きな体が立ち上がる。

木浦さんの表情は読めない。不機嫌そうなのはわかるけれどと眺めていると、その体がゆっくり近づいてきた。

「なにひゅるんでふか？」

言葉が変になったのは僕のせいじゃない。ほっぺを引っ張っている木浦さんのせいだ。

「黙れ」

その理不尽な命令に、僕は内心眉をひそめる。

いや、確かに今しゃべるにはほっぺを引っ張る手を離してもらわなきゃならないけれども！

「立浪」

耳元で囁《ささや》かれる名前に、びくりと体が震える。

「お前は俺の専属の雑用係だ」

「ひうらひゃん？」

「お前は俺の専属の雑用係だ」

なんだこれ？

木浦さんの態度は、ただの雑用係に向けるにはおかしなもので……。

「ぼく、なにかしまひた？」

木浦さんが目を離せないくらい、危なっかしいということだろうか。いや、さすがにそれは。

「ひうらひゃん……？」

問いかけると、ふっと手が解かれた。木浦さんは、僕の頬を引っ張っていた手をじっと見つめている。

うん、よかった。おかしなことをした自覚はあるみたいだ。

でもそれよりは地味に痛い僕の頬を心配してほしい。赤くなってるんじゃないだろうか。

そう思っていると、木浦さんの手が僕の方へ伸びてきた。

頬に触れそうになったその手を慌ててよける。また引っ張られたら痛いじゃないか。

「つ、疲れてるんですよ！　ほら、送りますから！」

木浦さんの手を引いて、机に連れていく。

「荷物はこの鞄《かばん》だけですか？　そうですよね。家で仕事するわけにもいきませんから、できるだけ置いていった方がいいですよね」

「いや、持って帰る」

机の上の資料を手早く纏めていく姿にほっとした。仕事は持っていくつもりでも、帰ることを受け入れてくれた。それだけでも大きく違う。

「立浪」

「はい？」

「お前、柔らかいな」

それはさっき頰を引っ張った感想だろうか。あんなことをしておいて、その感想が柔らかい？

「余計なお世話です」

僕の答えに、木浦さんの表情がふっと緩む。ぼくもつられて笑いそうになって、慌てて表情を引きしめた。ミッション達成までは気を抜いちゃいけない。

「行くぞ」

「え？」

「帰るんだろう？」

そのままドアに向けて歩き始めた木浦さんの後を慌てて追った。

「では、今日はもう来ませんからね。明日の朝です！」

マンションの地下駐車場で、僕は車を降りる木浦さんに念を押す。岩木さんから受け取ったミッションは終盤を迎えている。

「車も、署に持っていきますから」

このまま署まで車で戻って、僕も家に帰る予定だ。ここに車を置いていくと木浦さんは自分で運転して署に戻ってきかねない。

「……」

不満げな顔は見ないようにした。

そうしてマンションの地下駐車場から部屋へと続くエレベーターに乗るまでをしっかり見届ける。

一度こちらを振り返った木浦さんに笑顔で手を振った。振り返してはくれなかったが、そんなことをされた方が驚くからこれでいい。

「さて」

僕は運転席にもたれたまま、携帯を取り出した。

岩木さんからのミッションはこれで終了だ。今日の僕の勤務もここまで。勤務中は携帯を見ることに気が引けてがまんしていたけれど、これでようやく検索することができる。

ずっと、気になっていた。

井上梨乃さんはホワイトボードの写真で見た。橋部文子さんも、偶然落とした資料の中で顔を確認した。

堂本詩織さんだけ、まだ顔を知らない。資料は持ち出しできないけれど、ネットで検索すれば顔はわかるはずだ。

僕が知らなきゃいけないことじゃない。それはわかっている。僕は運転手で事件に関わることはない。けれど、どうしても知っておきたかった。

「少しでも……」

木浦さんと同じ視点に立ちたい。僕の力はほんのわずかだろうけれど、木浦さんの言ったように何もできない期間を、ただ何もできないからと過ごすべきじゃない。

「ストリートピアノの動画があるって言ってたっけ」

上京したその日に弾いていたピアノの動画。

彼女はどんな思いで弾いていたんだろう。

名前を検索すると、事件のニュースがずらっと並んでいる。ここから探すのは大変そうだと名前の横にストリートピアノと入れる。

動画はすぐに見つかった。

事件もあったことから、再生回数も多い。

「……」

ボタンを押す前に、大きく深呼吸をした。

僕が踏み込むべきかどうかはわからない領域だ。

機密性の高い資料を見られるわけじゃないし、会議にも参加できない僕はまったくの部外者。

それでも、井上梨乃さんの笑顔の写真を見たとき胸を締めつけられたあの思いが僕を突き動かす。

アップテンポの曲は、少し前に流行ったドラマの主題歌だった。

聞き慣れた曲に多くの人が足を止める。

中心にいるのは長い髪の、若い女性。

特別美人というわけではないのに、楽しそうに弾く様子に周囲が手拍子を加えていく。

「すげ」

素人の僕が聞いても、彼女の演奏は上手だった。

速いパートも聞いていて気持ちがいい。思わず曲を口ずさみそうになる。

この場に僕がいたら、一緒になって手拍子をしていただろうなと思った。

就職のために上京した、その日。

きっと彼女は人生で一番輝いていたに違いない。

しばらくして演奏が終わり、彼女はゆっくりと立ち上がる。周囲に拍手が沸き起こり、気恥ずかしそうに頭を下げる姿に胸が痛んだ。

『もう一曲！』

誰かが叫ぶ。

それに合わせて拍手が始まった。戸惑う彼女に、笑顔で何か言う人がいて……。彼女はゆっくりピアノの前に座りなおす。

始まったのは、よく卒業式で流れる桜の曲。

そうか。四月……だった。彼女は上京して桜を見たんだろうか。

「あれ、ヤバ」

気がつくと、ぽろりと涙がこぼれていた。

慌ててハンカチを探すけれど、ポケットにはない。署に置いてある鞄の中に入れっぱなしだったかもしれない。仕方なく袖で目元を拭う。けれど、涙は全然止まらなくて袖では足りないと思ったときだ。

「……っ！」

動画の中に僕は釘《くぎ》づけになった。

黒いピアノを挟んで向こう側。小さく映っている、ひとりの男。

「こいつ、見た！」

どこかで見た。見た覚えがある。

記憶を必死にたどる。

犯罪者の写真か？　違う。そうじゃない。もっと不鮮明な写真だった。同じように小さな画面で……。

「現場、写真」

その記憶に行き着いて、僕は呆然《ぼうぜん》とする。

現場写真だ。

ひとり目の被害者。橋部文子さんの資料の中にあったあの写真。携帯のカメラを向けている野次馬の中に、この男がいた。

「……」

心臓が爆発しそうなくらいの勢いで動きだす。

「堂本詩織さんのストリートピアノを聞いていた人が、橋部文子さんの殺害現場にいた？」

そんな偶然、あるはずない。

僕は慌てて車を降りる。向かう先は、木浦さんが消えていったエレベーターだ。

エレベーター前の自動ドア。そこにあるインターフォンを押して……、けれどその時間さえ惜しくて、木浦さんに電話をかける。

『なんだ？　忘れ物でもあったか』

電話口に出た木浦さんは機嫌がよさそうだ。やっぱり休養は大切……ああ、ごめんなさ

い。

その休養、今からぶっ壊します。

「木浦さんっ、動画っ！　堂本詩織さんのピアノの動画に……っ！」

そこまで叫んで、自動ドアにたどり着いた。電話で会話を続けながら木浦さんの部屋のインターフォンを鳴らす。

『どうした、落ち着け』

落ち着けるはずない。木浦さんが操作してくれたのか、ドアが開いた。エレベーターに駆け寄ってボタンを連打する。それでエレベーターが早く来るわけじゃないとわかっているけど。

「あの動画にっ、ひとりめのっ……！　橋部文子さんの殺害現場にいた男が映ってます！」

ちょうどエレベーターが到着して、扉が開いた。

乗り込んで木浦さんの部屋がある階のボタンを押す。

『……！』

電話ごしに木浦さんが息を呑《の》んだのがはっきりと伝わってきた。

「これです、この男！」

木浦さんが玄関のドアを開けてくれたのと同時に、僕は携帯をストリートピアノの動画に切り替える。

桜の曲が流れる中、黒いピアノの向こうにいる男。

「よく見えないな。パソコンで確認しよう」

「はいっ」

木浦さんが部屋の奥へ……。僕は、ふと足を止める。

「どうした？」

「いえ、お邪魔します」

勢いよく部屋に乗り込んできてしまった。

早く伝えたくて、迷惑かもとかそういったことが全部頭から吹っ飛んでいた。木浦さんは今から休養するところだったのに、ぶっ壊す気満々で……。

まあ、今更謝るのもおかしな話だし、気づいたことの報告を明日にしてしまった方が怒られるだろうと部屋に上がり込む。

なんというか、想像どおりだ。

木浦さんの部屋は、木浦さんが着ている高級そうなスーツのように隙がない。

リビングの広さは二十畳くらいだろうか。黒を基調としたインテリアはまるでモデルルームみたいだ。

部屋の中央にあるソファはいかにも高そうな革張りだし、その正面にあるテレビはあこがれの大画面。

「木浦さん。休養って言ったのに」

それはソファの前のテーブルにすでにノートパソコンが開いた状態で置いてあったからだ。

「まあ座れ。堂本詩織のピアノ動画だな」

僕の言葉はまるっと無視して木浦さんはソファに座った。

カチカチと何度か弄《いじ》っただけで、それが画面に映し出される。きっと動画は保存されていたんだろう。

「どこだ？」

「気づいたのは、桜の曲の途中なんですがもっと早くからいたかも」

木浦さんの横に座って、パソコンの画面を覗《のぞ》き込む。

さっき、男を見かけた場所をじっと見つめる。

「あ、この男！」

僕が画面を指さすと木浦さんはそこをズームしていく。四十代くらいの眼鏡をかけた男の顔がはっきりとしてきた。

「橋部文子さんの死体現場写真の野次馬の中にいたんです」

眼鏡をかけている以外、さして特徴のない男だ。グレーのシャツに、黒のパンツ。少し右に体重をかけた姿勢で食い入るようにピアノを弾く堂本詩織さんを見ている。たまに視線を落とすのは……時間を気にしているのだろうか。腕時計がちらりと映った。

不機嫌な表情なのに、そこから動こうとしない。

小さな違和感だ。

時間が気になるなら……、ピアノが気に入らないなら、そこから立ち去ればいい。ただそれだけなのに、男は苛々した様子でじっとピアノを見つめている。

周囲が楽しげな雰囲気の中、男は自分の腕時計をバシンと手で叩いた。ただ、誰かがそれに気がついた様子はない。

やがて堂本詩織さんの演奏が終わる。

一曲目と同じように拍手が起こって、堂本詩織さんが照れ臭そうに頭を下げる中で……男は拍手をせずにじっと堂本詩織さんを見ていた。

「野次馬の中にいたのは確かか」

「はい。橋部文子さんのときは、眼鏡がなくてパーカーを着てました。雰囲気は違いますが間違いありません」

言い切ると、木浦さんは動画を巻き戻して顔が鮮明にわかる場面で止める。

「署に戻って資料を……。いや、まだ岩木がいるな」

僕の中でははっきりと同一人物だとわかっているけれど、それだけでは他人を納得させることはできない。

木浦さんは画像を保存してメールを打ちながら、携帯で電話をかけ始める。

相手は岩木さん。

きっとこれまでも木浦さんの捜査に協力している人だろうし、橋部文子さんの事件現場の写真は、今岩木さんの手元にある。

『はい、岩木です』

携帯から声が響いてびくりとした。木浦さんはメールを打つためにスピーカーにしたようだ。電話だと岩木さんの渋い声にさらに磨きがかかる。やっぱりかなりのイケボだ。

「すまん、今メールで送った画像を至急確認してくれ」

『はい……えーっと……。ああ、はい。確認しました。これは堂本詩織がストリートピアノを弾いているときの動画ですか？』

「ああ。それだ。橋部文子の死体発見現場にいる野次馬と見比べてくれ。今日、そっちに戻した資料だ。十三ページの写真」

すごいな。木浦さん、資料のページ数を覚えているんだ。

それほど、読み込んでいる資料なんだろう。

「似ている男はいるか？」

『ちょっとわかりにくいですね』

「あ、向かって右端のパーカーの男です！」

木浦さんと岩木さんの電話だということを忘れて、つい声を上げてしまった。

『……』

電話の向こうから沈黙が返ってくる。僕が口を出すようなことじゃなかっただろうか。

「立浪だ。気にするな」

『立浪ですか。少し、驚いただけです。大丈夫です』

驚いたのはわかったけれど、大丈夫ってなんだ。大丈夫って。

『背格好は似ていますね』

「同じ人物かどうかは、わからないか？」

野次馬に映っていた男は眼鏡をかけていなかった。動画にしろ、現場写真にしろ、メインで撮った画像ではないから鮮明じゃないだろう。

『この写真だけではなんとも。写真の元データがあるはずですので、回してもらって確認します。それから、動画についてももう一度精査します』

「頼む。確証も欲しい。専門に回して解析してくれ。同一人物だとわかれば、すぐに報告を。身元の割り出しも進めてくれ」

木浦さんは簡潔に指示していった。

すみません。岩木さん。僕はどうやら木浦さんの休養だけではなく、岩木さんの休養も奪ってしまったようです。

電話を切った木浦さんは、ソファにもたれて大きく息を吐いた。

「あの……」

「ああ、すまん。ありがとう。おかげで何かわかるかもしれない」

木浦さんが少しだけ口角を上げる。

そのまま、立ち上がってスーツの上着を取ろうとしたので慌てて止めた。

「岩木さんが調べるまで時間があります。解析結果もすぐには出ません。今日はシャワーを浴びて寝てください。明日は朝一で迎えに来ますから」

「……」

僕が言わなければ、署に戻るつもりだったんだろう。木浦さんは少し眉を寄せた。

「朝一とは、何時だ？」

「七時」

「遅い」

間髪入れずに返されて、今度は僕が眉を寄せる。ここから署までは車で四十五分ほどかかる。七時に迎えに来るために、僕は六時十五分に署を出発する。そして六時十五分に出発するためには……朝五時に起きなきゃ間に合わない。

「ろ、六時三十分」

「六時だ」

えー、という言葉を飲み込んだ僕を褒めてほしい。

「いや、だが夜中に岩木から解析結果の連絡があるかもしれない。それによってはすぐに行く。立浪は車を置いて帰れ。明日は定時に署で会おう」

「……」

僕はじっと木浦さんを見た。

いつもはまっすぐにこちらを見つめる木浦さんが少しだけ視線を外したのを見逃さない。

「木浦さん、署に戻るつもりでしょう？」

「……」

木浦さんは答えない。

僕に表情を隠す練習をしろとか言っておいて、自分も隠せてないじゃないか。

「立浪？」

不思議そうな顔をする木浦さんの手を取って、リビングを出る。

もうこのまま浴室に放り込んでしまおうと思ったのだが……、廊下に並ぶ扉の数に足を止めた。

「浴室はどこですか？」

「浴室？」

「すぐにシャワーを浴びてください。それから寝室へ。僕は今日、このソファで寝ます。夜中に岩木さんから連絡があれば、僕が運転してちゃんと連れていきますから、木浦さんは少しでも寝てください」

「……」

木浦さんが答えないので僕は手近の扉を開ける。

トイレだった。

じゃあ、こっちの扉。よし、当たり。

「署で仮眠をとるのと、家のベッドで寝るのとではまったく違います。一時間でも、二時間でもいいのでちゃんとした睡眠をとってください」

木浦さんが何も言わないのをいいことに、脱衣所に押し込むと扉を閉めてその前に座り込んだ。

やがてシャワーの音が聞こえ始めてほっとする。

休むことに同意してくれたのかどうかはわからないが、ひとまずシャワーを浴びてはくれている。ここに座り込んでいなくても大丈夫だろうとリビングに戻る。

「……」

しかし、人の家でひとりになるって居心地悪い。それが上司の家だとすればなおさらだ。

ソファの隅にちょこんと座って、携帯を取り出した。意味なく携帯を見るくらいしかやることがない。

携帯の画面からちらりと視線を上げて見る。

この部屋にあるのは、ソファとテーブル。それから、大画面テレビ。窓際の観葉植物。

キッチン側にはカウンターテーブルがある。

そこにあるハイチェアーはふたつ。

ふたつかあ。

木浦さんはあれだけ整った顔をしているし、将来も期待ができる。きっと彼女もいるんだろうな。

ハイチェアに座って朝食を食べるふたりを想像してみる。

うん、相手はきっと女優並みに綺麗な人だな。スタイルがよくて、仕事もできて、会話も上手いに違いない。木浦さんと同じようなハイスペックでありながら、気遣いも完璧だろう。

「うらやましい」

勝手に想像した彼女をうらやましいと思ってしまう。

「何がだ?」

急に真後ろで聞こえた声にびくりとした。

「うわっ、びっくりし……！」

木浦さんの声だ。びっくりしたと言おうとして振り返った僕は、さらに驚いて言葉を飲み込んだ。

「なんて格好をしてるんですか！」

木浦さんは腰にバスタオルを巻きつけた姿で現れた。

あの高身長なのに、ひょろひょろした感じはない。割れた腹筋、力持ちだぞと主張する上腕……。

あんな体をしていたら、晒したいのもわかるが他人がいるときは遠慮してほしい。

「木浦さん、裸族ですか？　家では服を着ない派ですか？」

ここは木浦さんの家だ。木浦さんが裸族だと言うなら諦めて受け入れ……。いや、無理だ。同性なのに目のやり場に困る。

風呂上がりの、まだ若干乾いていない髪を掻《か》き上げる仕草にくらりと眩暈《めまい》がした。

「仕方ないだろう。着替えを用意する前にほうり込まれたんだ」

ああ、そうだった。

木浦さんを無理に浴室に連れていったのは僕だった。

「す、すみません。謝りますから服を着てくださいっ！」

「まあ、そう焦るな」

これは僕に対する仕返しだろうか。

バスタオル一枚の木浦さんはすぐそばまで近づいてきて、僕を見つめる。

「あの……っ?」

木浦さんが、ソファの背に手を置いた。

壁ドン、ではなくてソファドン? 裸の胸筋が目の前にあるこの状況をなんて言えばいいんだろう。

「下の名前は香寿だったな」

「か、香寿ですが何か?」

僕の下の名前が木浦さんとどんな関わりがあるというんだろう。

「香寿」

低い声で名前を呼ばれて、心臓が大きく跳ねた。きっと顔も赤くなっていると思う。

木浦さんは男で、僕も男なのに超越した色気みたいなものに当てられて落ち着かない。

「何か飲むか?」

「え?」

驚いた僕を置いて、木浦さんはそのままキッチンへ向かった。

少し楽しそうに見える足取りに、完全にからかわれていたと知る。それでも心臓の音は一向に静まらなくて、僕は大きく息を吐いた。

木浦さんは意地悪だ。

もうはっきり断定していい。

「水でいいか？」

冷蔵庫の扉を開ける木浦さんの背中ごし。ちらりと見えた中身は……ほぼ、空だった。扉の部分に英語表記のミネラルウォーターが並んでいるだけだ。水じゃ嫌だといったらどうするつもりだったんだろう。

「そんな冷蔵庫、本当に存在するんですね……」

僕の言葉に木浦さんが声を上げて笑う。

「まあ、ここは荷物置き場みたいなものだからな。自炊はしないし、こんなものだ。冷凍庫にはわりと入ってるぞ？」

「ビールとか飲まないんですか？」

「いつ、呼び出されるかわからないからな。ここ数年は口にしたことがない」

見上げた精神だ。家に帰って真っ先にビールを飲むのが幸せだと思っている僕とはかけ離れた生活。

木浦さんがペットボトルを二本、手にして戻ってくる。一本を差し出されて受け取った。

「こんなものしかない。何か他に欲しいなら、注文するが」

注文？　こんな夜中にお腹が空いてるわけでもない。

「まだコーヒーショップも開いている」

飲み物のケータリングか。すごいな。食べ物以外をケータリングするっていう発想がなかった。

「ここで寝るなら、お前も風呂に入るか？」

「えぇっ？」

思わず、声が裏返った。

木浦さんの家にお邪魔しているっていうだけで居心地悪いのに、風呂に入れ？

「そんなに驚くことでもないだろう。使っていない下着もある。もし岩木から連絡があれば、夜中でも車を出してくれるんだろう？　そうなったら家に帰って着替えている時間もない」

そうかもしれない。

もし夜中に連絡がなくても、朝一で署に向かう。そうなったら、出勤してから僕だけ家に帰るのは難しいのかも。

いや、でもそうなったら署にもお風呂はある。万が一のためにロッカーには着替えも一式、置いてあるし。

「だ、大丈夫です！　署で入ります」

「明日から忙しくなる。他の捜査本部との打ち合わせに出向くこともあるだろう。少しでも時短した方がいい。今、入っておけ」

他の捜査本部。

それは堂本詩織さんや、橋部文子さんの捜査をしているところだ。同じ人物が目撃された以上、連絡を取り合うだろうし、合同本部が立ち上がる可能性もある。

「わかりました」

他人の家のお風呂を借りるのはいささか……どころではなく気が引けるが、どうせ無理矢理乗り込んできて泊まり込もうとしているんだ。少しくらい、あつかましくても今更だろう。

「着替えは準備しておいてやるから」

やけに笑顔の木浦さんを疑うべきだったと気がついたのは、それから二十分後のことだった。


「やられた」

リビングのテーブルの上に置かれたメモに、僕は大きな溜息をつく。

『部屋はオートロックだ。そのまま出ていい。明日の朝、署で会おう』

木浦さんは休むつもりなんてなかったんだ。

お風呂から出ると、木浦さんの姿はどこにもなかった。僕がのんびりしている間に出ていってしまったようだ。

新品の下着をちゃんと準備してくれたことはありがたいが、置いていかれてしまった。今、電話をかけても木浦さんは運転中だろう。スーツのポケットに入れてあった車のキーはもちろん、失くなっている。

携帯で時間を確認して、僕はさらに呆然とする。

「終電！」

ここが駅からどれくらい離れているのかわからないが、今は二十三時三十分。慌てて地図を確認すると、駅までは徒歩十五分の距離だ。くそ。駅まで徒歩圏内なんてますます木浦さんの生活がうらやましい。

零時までに駅に行けば終電には間に合うだろうか。

木浦さんの前でだらけた格好はできないと、髪もきちんと乾かしたしすぐに出られる。忘れ物は……。ないな。そもそも何も持ってきていない。

「何も？　あああっ！　何もないじゃん！」

動画で男に気がついて、乗っていた車を飛び出した。

僕は財布も、その他の荷物も木浦さんの車に置きっぱなしだ。携帯だけを握りしめてきてしまった。

　せめてICカードをモバイルにしておけばどうにかなっただろうが、それもしていない。警察手帳はあるから、いざとなれば国家権力を使って電車に……。いやいや、それはダメだろう。

「え、待って。タクシー?」

　タクシーならバーコード決済でどうにか乗れるはず。乗れるかな? 乗った後で使えないとか言われたら終わるけど。

　そう思いながら検索してみると、バーコード決済は使えるようだ。よかった、と思ってアプリを確認して気がついた。

「チャージしてない……」

　バーコード決済は最近使い始めたばかりで、クレジットカードと連携していない。もっぱら現金チャージで使っていた。残金は千円ちょっと。これではタクシーに乗れない。

「あ、今からでも携帯にICカード入れれば……!」

　やっとそれに気がついて、ひとまず木浦さんの部屋を出る。エレベーターを待つ間にICカードのアプリをダウンロードして、それからチャージ……。またチャージ?

「え、嘘。クレジットカードからしかチャージできない?」

　クレジットカードの番号なんて覚えているわけない。

　エレベーターが一階に到着して、扉が開く。とりあえず降りたものの、これ……どうしたらいいんだ。

「終わった」

泣きそうになりながら、駅へ向かって歩く。

何か方法はないだろうか。

「あ、携帯電話の料金と纏めて支払い！」

ようやくそれに気がついたのは駅に着いてタクシーが何台か並んでいるのを見たときだった。これなら、バーコード決済のアプリにチャージできる。

よかった。財布がなくても、なんとかなる。携帯って素晴らしい。

すぐに操作して、無事にチャージできたときにはちょっと泣きそうになった。


「なんだ？」

差し出した領収証に木浦さんが眉を寄せる。

「経費でとは思っていません。木浦さんのポケットマネーでお願いします」

タクシーでやってきたのは、署だ。家に帰っても何もできない。僕は財布や荷物を回収したかった。

木浦さんは部屋ではなく、本部で岩木さんとふたりでいくつかの写真や書類を並べて見ていた。きっと重要な話をしているだろう。そうだろう。だが、置いていかれたあげくに

無駄に精神力とお金を使ってしまった僕の気持ちを汲《く》んでほしい。

「財布、木浦さんの車に置きっぱなしだったんです。ここまでタクシーしか交通手段がありませんでした。帰るにも家の鍵がありません。僕はどうしようもなく、置いてきぼりだったんです」

総額七千百五十円。

木浦さんに私服での勤務を求められてスーツやシャツを買ったばかりの僕には厳しいお金だ。

「……わかった」

木浦さんが渋い顔をして財布を取り出す。ふいうちで僕を置いていったりしなければよかった話だ。

「ほら」

手に乗せられたのは一万円札。

「え、ちょっと待ってください。おつり……」

「いらん」

「そういうわけにはいきません。あ、僕の財布。取ってくるので車のキーください」

「いい。迷惑料だ。取っておけ」

「ダメですよ。木浦さんのおニューのパンツも貰《もら》ったし、これ以上は貰えません！」

「パンツ?」

ぽつりと岩木さんがその単語を拾って首を傾げた。

「立浪、木浦さんの部屋でシャワーを浴びていたのか」

パンツという単語から、シャワーに行き着くまでの物語が岩木さんの中ででき上がった気がする。それはあまり面白くない物語のはずだ。

「ち、違いますから！　僕が動画に気づいて、早く木浦さんに知らせたくて部屋に押しかけただけですから！　そしたら、木浦さんがすぐにでも車で出かけそうだったんで監視でそのままいることになって……！　結局、上手いこと丸め込まれてシャワーを浴びている間に出かけられちゃったんですけど」

ひと息に言い訳を並べる。いや、言い訳じゃない。事実だ。岩木さんが思っているようなことはなかった。欠片も。

「ひとまず、荷物を取ったらいったん帰れ。運転に支障があっても困る」

木浦さんが僕に車のキーを渡す。そりゃあ、荷物は取ってくるけれど……。

僕はそのキーをじっと見つめてから、握りしめる。

「立浪？」

岩木さんが声をかけたのは、僕が椅子に座ったからだ。

「三つの事件の資料を見なおすんですよね。僕、あの男を見つける自信があります」

小さな写真でも、不鮮明な防犯カメラの映像でも。それは僕の唯一の特技だ。

「いや、やっぱりお前は帰れ」

「木浦さん！」

「役に立たないと思っているわけじゃない。明日の朝一番で、ストリートピアノ周辺の防犯カメラの映像を用意する」

「……！」

「立浪はそれの確認をしてくれ。身元の割り出しに一役買うだろう」

「は、はいっ！」

思わず、椅子から立ち上がって姿勢を正した。そんな僕を見て、木浦さんが少し笑う。

「では今日はしっかり休んで、また明日だ」

どこかで聞いたセリフだ。それに気づいて僕は木浦さんを見つめる。

「……木浦さんも、寝てくださいよ？」

「ああ。もちろんだ」

嘘臭い答えに岩木さんを見ると、岩木さんが大きく肩を竦《すく》める。

新しい手がかりが見つかったばかりの事件。目の前には広げられた資料の数々。僕を騙《だま》して署に戻ってきた木浦さん。

どう考えても、木浦さんが休むような要素はない。

「……」

僕は溜息をついて椅子に座りなおす。

「立浪、帰って寝ろ」

「一緒に見ます。だから、今から二時間仕事をしましょう。そうしたら、その後各所に連絡できる時間になるまでは全員で仮眠室です」

「立浪」

「これ以上は譲歩できません」

言い切って、僕は携帯のタイマーを二時間後にセットする。

ほうっておいたら朝まで資料と睨めっこしていそうだ。


「立浪、起きろ。防犯カメラの映像が届いた」

その声にゆっくり目を開ける。

ここはどこだろう、と一瞬考えた。見慣れない天井に、見慣れない顔……。顔？

「うわあっ！」

覗き込んでいる整った顔立ちに驚いて一気に目が覚める。

「寝ぼけているのか？」

木浦さんが笑いながらテーブルの上に見慣れたコーヒーショップの紙袋を置いた。

ここは署内の木浦さんの部屋だ。

木浦さんがこの部屋のソファで寝ると言い出し、僕は監視役も兼ねて向かいのソファで寝ることにした。毛布だけは仮眠室から借りてきて……。身長がある木浦さんにソファは少し狭そうだったが、ふたり揃って眠りについたはずだった。

「木浦さんが買ってきてくれたんですか？」

それだと申し訳なさすぎる。

「いや、岩木だ」

よかった。木浦さんにコーヒーを買いに行かせたとなると署内で伝説になりかねない。すみません、岩木さん。岩木さんならいいというわけじゃないけれど、ほっと胸をなで下ろす。

木浦さんは紙コップを手にしたまま、ソファに腰を下ろす。向かいのソファに行けばいいのに僕の寝ていた場所に座るから、自然に体が起きた。

「それ、キャラメルソース入ってます？」

「そうだな。三回目が延びてたからな」

キャラメルソースをかけるのを忘れて、その次は自分用に買ったブラックを間違えて渡した。次こそはキャラメルソースのはずだったが、普通の味でいいらしい。普通の味？

木浦さんの普通は面倒臭い。

紙袋を覗き込むと、サンドイッチも入っている。朝からコーヒーショップのサンドイッチなんて贅沢《ぜいたく》だ。

「いただきます。うわ、朝食とるの久しぶりだな」

いつもならよくてコンビニのパン。ないことの方が多い。男のひとり暮らしなんてそんなものだ。

「お前、人にあれだけ休め休めと言っておいて、朝食は食べないのか」

「え、だって寝た方がいいですもん」

朝は一分だって長く寝ていたいに決まっている。

「矛盾してるな。睡眠も食事も健康には大切だろう」

「どの口が言いますか？」

じろりと睨むと、木浦さんが声を上げて笑った。

昨日の夜、木浦さんと岩木さんと三人で見返した資料には新しい情報はなかった。

堂本詩織さんの動画と橋部文子さんの現場写真に写っていた男が同一人物だと判明すれば、捜査はぐっと進展する。

「残念ながら、堂本詩織がストリートピアノを弾いていたときの周囲の防犯カメラ映像は回収されていなかった。動画で見たものだけだ。確認したが、新しい情報はなさそうだ」

「木浦さん、いつから起きてました？」

　監視するからと同じ部屋で寝ていたはずなのに、木浦さんが朝食を買いに行くのにも、防犯カメラの映像を確認しに行くのにも気がつかなかった。

「まあ、それはいい。とりあえずここ二週間のストリートピアノ周辺を映したカメラの動画を貰ってきたから、あの男が映ってないか確認してくれ」

「二週間？」

「もっとあればいいが、あいにく防犯カメラの保存期間なんてそんなものだ」

　テーブルの上にＵＳＢメモリが置かれる。それに防犯カメラの映像が入っているんだろう。

「ざっと三百三十六時間分だな。まあ、電車が動いてない時間は飛ばしていい。あの動画の時間が十四時すぎだから、その前後二時間をまず確認。それから徐々に範囲を広げていってくれ。もし映っていたらそこから他の防犯カメラをたどるからすぐに連絡を入れろ」

　ひとまずは四時間×二週間分か。早送りをすることも考えれば、今日中に……、終わるといいな。

「お昼も俺が買ってきてやろう」

「……」

　そうかあ。こんな小さなＵＳＢメモリにそんなにたくさんの情報が入っているのかあ。

サンドイッチをテーブルに置いて、紙コップに手を伸ばす。

口に含むと、苦くて熱くて吹き出しそうになった。

「これ、ブラック……?」

「ブラックじゃないのか?」

木浦さんが不思議そうな顔をする。そういえば、あのとき間違えて渡した僕のコーヒーはブラックだった。木浦さんが僕の好みはそれだと勘違いしていても不思議じゃない。

「あのときは、ちょっと頭を冷やしたかったから……」

「頭を?」

わずかに首を傾げた木浦さんだったが、直前にあったことを思い出したのだろう。にやりと笑う。

「どうしてだ」

どうしてって。

あのとき、思わず握ってしまった木浦さんの手の感触を思い出して顔が引きつる。

「あ、いや……。だって」

「また手を握れば、このコーヒーもおいしく飲めるか?」

木浦さんの手が、僕の手に伸びる。

触れそうになったところで慌てて引っ込めると、意外そうな顔をされた。

る回る。

「なんで僕の手を？」

手を握ろうとしたことも、意外そうな顔をされたことも意味がわからなくて頭がぐるぐ

「なんでって……。なんでだろうな」

木浦さんは触れなかった自分の手をじっと見つめていた。木浦さんも自分の行動の意味がわかっていないのかもしれない。

「いくら僕が好きだからって、それじゃあセクハラですよ」

冗談めかして笑ってみせると、木浦さんの顔が急に真剣になった。

「え？」

なんで、そこで真剣な顔？

冗談がすぎたか？　キャリアにとってセクハラなんて噂ひとつで出世が消えてしまうようなことかもしれない。

「あの、冗談……」

「なるほど」

冗談です、と言おうとした言葉が木浦さんのやけにはっきりした声に遮られる。

「俺はお前が好きなのか……？」

ぐっと体が寄ってくるから、慌ててよけようとするけれどソファの背に阻まれて動けな

くなる。

木浦さんの手が、僕の両側に置かれて……。ソファに片膝をついて僕を見下ろす木浦さんは真剣な表情のままだ。

もしかして寝不足でおかしくなってしまっているんだろうか。その可能性は十分にあるが、間近で見る木浦さんの顔は、非常に心臓に悪い。

「木浦さん？」

木浦さんの手が、僕の顎に添えられる。一般的にはキスの前の体勢。だが、木浦さんは一般的ではない。

「猫」

その姿勢のまま木浦さんがぽつりと呟いた。

「お前は本当に実家の猫によく似ている」

「は？」

「最初に会ったときからそう思っていた。髪の色もそっくりだし、くるりと丸い目も、俺から逃げない様子も」

「はあ？」

なんとなく気が抜けてしまう。

「だからだろうな。お前が何をしても許してしまうし、視界に入ってないと落ち着かない。

寄ってくると嬉しいし、触りたくなる」

まあ、猫ならそうか。

なるほど。木浦さんにとって、僕は猫だったのか。

だから、あれだけオーダーをミスしても怒らないいし、なんとなく親切なんだなと妙に納得してしまう。

「あ、最初……。階段のとこで会ったときですよね。木浦さん、僕を見て何か言ってませんでした？」

「ああ。あれは……」

ふっと木浦さんの口元が緩む。

それに見惚《みと》れて、よけられなかった。

「え？」

ふわりと触れたのは唇。

掠めるような感触は確かにそれが触れ合ったもの。

「おいしそうだ、と言ったんだ」

「……っ！」

叫びそうになった口を、慌てて両手で押さえ込んだ。もちろん、ガードの役割もある。

そのまま動けなくなった僕の頭を、木浦さんが撫《な》でる。もうそれが人間扱いなのか、猫扱いなのかわからない。

「じゃあ、防犯カメラのチェックは任せたぞ」

静かに混乱に陥る僕を残して木浦さんが立ち上がる。

「昼頃に様子を見に来る」

そのまま部屋を出ていくのを、固まったまま見送って……。

ああ、僕はブラックコーヒーを飲まなければとそう思った。


苦手なブラックコーヒーをちびちび飲んでいたせいか、眠くなることなく防犯カメラの映像に集中することができた。

気を抜くと、木浦さんのことを考えそうになってしまうが画面に集中しているとそういうことも忘れて……。忘れて……。

「あーっ！　もうっ！」

忘れられるか。

唇だ。唇。

触れたぞ。確実に、触れた。

キスに動揺するような年齢じゃないと思っていたが、あれはおかしい。

相手は木浦さんで、キャリアで、男。

僕は所轄の交通課の巡査で、男。

性別も、階級も、顔面偏差値も、なんなら普通に偏差値だって天と地ほどの差があるはずだ。

防犯カメラの画像は四倍速。それ以上の速さにすると場面が飛んでしまって追い切れない。

せかせかと動く人々を眺めながら、大きな溜息をつく。

猫だって、言ったじゃないか。

実家の猫に似ているから気になるんだって。

それなのに、キス?

「しかも、おいしそうって」

じゃあ僕は初対面からロックオンされていたのか。木浦さんは言い寄ってくる相手に迷惑しているような噂が流れていたけれど、もしかしてそれはゲイだからなのか。

偶然に指名されたと思っていた運転手の役割も、木浦さんが選んだものだったのだろうか。

それは僕がおいしそうだから?

地方妻みたいに、各所轄に遊び相手でも置いておくつもりで?

色々考えながら画面を見続けているせいで、余計に疲れる。

気がつけば、防犯カメラの映像がその日の十八時をさしていた。とりあえず、チェックするのは十四時から十八時。そこで何も見つけられなければ範囲を広げていくと決めてる。

次の日の映像に移ろうかとマウスに手を伸ばしたときだった。

ピアノの前で、誰かが……。

このストリートピアノは十八時までが使用時間だ。駅員が来て、ピアノの蓋を閉じようとしている。

そこに走り込んできたひとりの女性が何か頼んでいる。

やがて駅員が場所を空けてくれて、女性がストリートピアノの前に座る。

「……!」

その顔を見て、僕は立ち上がった。

慌てて携帯を取って木浦さんに電話をかける。

映像の倍速を普通に戻すと、女性が引き始めた曲が微かに聞こえた。

『どうした』

すぐに電話に出た木浦さんに、僕はすぐ答えることができない。

「ハッピーバースデー」

女性が弾いている曲は、誕生日を祝う曲。きっとこれを弾きたいとお願いして……。ああ、そばに立っているのは女性の彼氏だ。何度も資料で見た。彼女が亡くなってから落ち込んでいると。

『立浪？』

「井上梨乃さんがピアノを弾いています」

短い曲だ。けれど、世界中で誰もが誰かのために歌う曲。

弾き終えた彼女は照れ臭そうにお礼を言って、彼氏と歩いていく。

ホワイトボードにあった写真の笑顔そのままだ。

画面からふたりが消えていくのをただ見送って……。

「え？」

僕は、画面に釘づけになった。

「いっ、いました。あの男ですっ！」

ふたりの後を追うように、ゆっくりと歩きだす人影。

どことなく猫背に見えるのは、周囲から隠れたいと思っているからだろうか。

井上梨乃さんがピアノを弾いたのは、事件の二日前、四月二十三日だということがわかった。

その日は彼氏の誕生日で、あの駅で待ち合わせをしていた。その理由が、ストリートピアノだった。井上梨乃さんは、音楽が苦手だったらしい。ピアノも弾けるわけではなかったが、直前に喧嘩《けんか》をしたことから仲直りするためにと一生懸命練習していたようだ。

「ピアノが接点なのか？」

木浦さんが難しい顔をしている。

ふたり目の被害者堂本詩織さんと、三人目の被害者井上梨乃さんはどちらもストリートピアノを弾いているときに男に目をつけられた可能性がある。堂本詩織さんが殺されたのも、あのストリートピアノの動画から数日後のことだった。

ひとり目の被害者、橋部文子さんもあの駅に用事があったのだろうか。

離婚して双子の世話と仕事に追われる生活。ピアノが弾けるのは平日の十時から十八時。職場も住んでいる場所もあの駅から離れている。わざわざ電車を乗り継いで、あの駅に行き、ピアノを弾くような理由がない。

「多い時なら一日数十人がピアノを弾いている。彼女たちに他の共通点があるのか？」

監視カメラでピアノを弾いている人を見てみるが、老若男女を問わず多くの人が弾いている。堂本詩織さんのように、人々が足を止めて聞いているときもあれば、井上梨乃さんのときのように短い曲をさっと弾いて終わる人もいる。

若い女性の割合は多い。その中であのふたりが選ばれた理由がわからない。

「木浦さん、とれました」

短いノックとともに部屋の扉が開いた。

岩木さんだ。

「橋部文子は事件の三日前、あの駅に行っています」

「本当か！」

岩木さんが頷いて、木浦さんの正面に座った。

「双子の兄の方が、アレルギーを持っていてかかりつけの病院がその駅に。病院の帰りに、お母さんと一緒にピアノを弾いて歌ったと子供の証言も取ってきました」

病院の帰り道。

親子でピアノの前に座って歌った曲は、なんだったのだろう。

「そのとき、このピアノは歌ってはいけないのだと怖いおじさんに注意されたと」

怖いおじさん。

あの男だろうか。

あの男はピアノを聞いている。堂本詩織さんのときも不機嫌そうに聞いていた。

ピアノが嫌いなのだろうか。

でも、それだけじゃない気がする。

「よし。ひとまず、三つの事件が繋がる線ができた。一度、本庁に報告に行く。ストリートピアノ設置の管轄に正式に協力要請。すぐにピアノ周辺に人を配備。同時に男の割り出しを急げ」

木浦さんが岩木さんに指示を出しながら立ち上がる。

「あ、運転」

本庁に行くなら、僕の出番かと思ったけれど。

「今日はいい。こっちには戻ってこないかもしれない」

木浦さんはそのまま颯爽《さっそう》と部屋を出ていった。その目に僕は映っていない。きっと頭の中は事件のことでいっぱいなのだろう。

「立浪、体が空いているうちに休みを取っておけ」

休み？

これから？

最後に木浦さんが言い残した言葉を問い返す間もなく、扉が閉まる。部屋にひとり残されて、僕はただ閉じた扉を見つめた。

三人がストリートピアノを弾いていたことがわかった。そして共通するひとりの男。きっとすぐに男は見つかるだろう。

あのストリートピアノの近くに今も、いる。

それがわかっているのに僕は動ける立場にない。

所属は交通課で、今はただの臨時の運転手だ。

「休みって言われても」

一緒に犯人を追い詰めるためにがんばっていると思っていたのに、急に手を離されたような気分になる。


「いらっしゃいませ。カフェオレですか?」

カウンターにいた鎌田くんに、僕は思わず頷いていた。今日はもう家に帰るだけだ。それなのに習慣とは恐ろしいもので、気がついたら駅ではなくコーヒーショップへ向かっていた。

「すぐに作りますね」

鎌田くんはレジを他の人に任せて僕のドリンクを作り始める。手元を見ていると、すごく手際がいい。鎌田くんが作るとおいしくなりそうだ。

「僕が余計なメッセージ書いたから、もう来てくれないのかと思っていました」

「え、メッセージ?」

「この前、ブラックコーヒーを頼まれたときに。立浪さんが飲むとおっしゃっていたので」

ブラックコーヒー?

「あ!　この前の!」

僕が間違って木浦さんに渡したブラックコーヒーを思い出す。あのとき、鎌田くんは何か書いてくれていたのだろうか。

「す、すみません!　あのとき間違って上司にブラックの方を渡しちゃって!」

「そうなんですか!」

メッセージを見ていないと告白したのに、鎌田くんが何故か嬉しそうに笑う。

「よかった。立浪さんに嫌われたかと」

「そんな!」

「じゃあ、今度食事に誘ってもいいですか?」

「もちろ……え?」

もちろんと言いかけて、鎌田くんがさらりと言ったことに動揺する。

「食事?」

「ええ。やっぱり、迷惑でしょうか」

「いや、そんなことは!」

しゅんと肩を落とす鎌田くんに申し訳なくて、慌てて声を上げる。

「これは立浪さんのドリンクですか?」

「あ、はい」

「じゃあ、またここにSNSのアカウント書いておきますので、連絡ください」

にっこり笑った鎌田くんが差し出したカップを受け取って、僕はぴたりと止まる。

また、アカウントを書いておくって言った？

じゃあ前のブラックコーヒーにも同じものがあったのだろうか。

「……」

急に顔に熱が集まる。

だって、あのとき木浦さんは取り換えようという僕を振り切ってブラックコーヒーを一気に飲み干した。紙コップを投げるように、ゴミ箱へ入れて。

あれは、僕がメッセージに気づかないように？

「……さん？　立浪さん？」

「へ？　あ、はいっ」

鎌田くんが困ったように笑っている。

「僕の言葉に赤くなったかと思ったんですが、違うみたいですね」

「いえ、あの……その……っ」

声が裏返る。

だって、木浦さんのその行動は……。まるで嫉妬していたみたいじゃないか。

目の前で鎌田くんが誘ってくれているっていうのに、僕の頭の中は木浦さんでいっぱいだ。

「すみません、僕……」

「いいんです。気にしないでください。また店に来ていただければそれで」

頭を下げて、店を出る。買ったドリンクは飲みながら帰ることにした。歩いて帰ると四十分くらいはかかるけれど、たまにはそれもいい。しっかり頭を冷やしたかった。

木浦さんがいつも飲むコーヒーを飲みながら、ぐるぐると考える。

手を握った。

それから、キス。

冗談みたいな軽いキスだったけれど、嫌じゃなかった……。

赤くなっていく頰を手で擦《こす》る。今は、そんなことを考えている場合じゃない。ストリートピアノという共通点が見つかったことで捜査に進展があるかもしれない大事なときだ。

三つの事件の繫がりが見えたことで、運転手の僕の出番も多くなるかもしれない。

今は、木浦さんの言うようにゆっくり休んで。

そう思うのに。

「無理だ」

離れない。

頭の中だけじゃなくて、木浦さんが僕の中から出ていってくれない。

「しっかりしろ！」

このコーヒーが悪い。

飲んでいると、木浦さんを思い出す。

オーダーを間違えていても、渋い顔をしながら飲み切ってくれる。その後は少しだけ笑うんだ。

僕はいい加減、正しいオーダーを教えてくれと頼んで……でも教えてはくれなくて。

そうして僕はコーヒーを買いに行くことも楽しくなってきていて。

キャラメルソースが入っていたときも、もっと甘い方がいいと思ったコーヒーは、ミルクがたっぷり入っていても僕にはまだ苦い。

どうしていいかわからなくなって立ち止まったとき、僕のすぐ横をパトカーが通り過ぎた。

サイレンを鳴らしているわけじゃないから、パトロールかもしれない。

「ああ、もう。僕は何をしているんだ！」

唐突に、現実に引き戻された気がした。

今は違う。

木浦さんがいくら僕の中で大きくなっていても、今はそれを考えるときじゃない。

上京したその日に楽しそうにピアノを弾いていた堂本詩織さん。

彼氏のために一生懸命練習したハッピーバースデーを弾いていた、井上梨乃さん。

それから、見てはいないけれど……双子の子供と一緒に楽しそうにピアノの前で歌う橋部文子さん。

「どうして」

三人が殺されなければいけなかった理由が見当たらない。

幸せそうな姿に嫉妬したのだろうか。だとしても、他にも色々な人がピアノを弾いていたはず。

たまたまその三人が犯人の目に留まった？

そんなふうに偶然に殺す相手を決めることがあるだろうか？

専門家なら、上手く推測できるのだろう。けれど僕にはそういう知識は何もない。

気がつけば僕は駅に向かって歩き始めていた。


「……」

改札を出て、左に曲がる。少し開けた場所の壁際にそのストリートピアノはあった。

所轄に協力要請をすると言っていたけれど、まだ警察官が配備されている様子はない。

どこかで命令が止まっているのかもしれない。

結局、ゆっくり休めそうにないと思った僕はストリートピアノのある駅までやってきていた。

堂本詩織さんの動画で初めて見た黒いピアノは、今は誰も弾いている人がいない。近づいてみると、自由に弾いてくださいとウサギのイラストつきの看板が出ていた。

その下にみんなが楽しく使うために、といくつかの注意事項が書いてある。

『演奏と一緒に歌うのはご遠慮ください』

うん。橋部文子さんのお子さんが、誰かに注意されたって言っていた。

『演奏はひとり十分以内でお願いします』

『時間外の使用はご遠慮ください。使用時間午前十時から午後六時』

上から順に見ていって……、僕はふと気づく。

堂本詩織さんの動画で、男は腕時計を気にしていた。ちょうど二曲目の途中で、時計を叩いて……。

「あ」

それから、井上梨乃さん。

彼女がピアノを弾いたのは、利用時間を過ぎてからだった。

駅員さんが片づけようとしたところにお願いをして……。

「まさか」

そんなことで？

笑い飛ばしてしまいたいのに、上手く笑えない。震える手で、注意書きの文章を写真に撮って木浦さんへ送った。

忙しいだろうから、すぐには見られないだろうけれど。

『順番を守って気持ちよく使いましょう』

最後の一文を読んでから、周囲を見渡してみる。

あの男はいない。

いないけれど……。

ちょうど、僕の横を通り過ぎるように、ひとりのおじいさんがピアノに向かっていった。そのおじいさんがピアノの前に座ろうとする。

気がついたら、体が動いていた。

「すみません、ちょっと先に弾かせてもらえませんか？」

「ええ、でも……」

「すみません。ちょっとだけでいいんです。電車の待ち時間で、一曲だけ弾きたくて」

頼み込むと、おじいさんは渋々ながら順番を譲ってくれた。

僕はピアノの前に座って……。ぽん、と鍵盤を弾《はじ》く。

正直、弾ける曲はない。

きっと順番を譲ってくれたおじいさんは、僕が何を弾くのかと見ているだろうが……。

ごめんなさい。

僕は唯一弾ける曲、猫ふんじゃったを弾き始める。せめて魂を宿らせようと渾身《こんしん》の力を込めたが、いかんせん最後までは弾けない。覚えていない。

中途半端な猫ふんじゃったの手を止めて大きく息を吐き出す。

これで何かあるわけじゃない。

こんなことで……。

「すみません、ありがとうございました」

順番を譲ってくれたおじいさんに深く頭を下げると、おじいさんは不機嫌な表情のまま腕を組んだ。

「まともに弾けもしないのにわざわざ順番を譲れと言ったのか」

「は、はい。すみません」

そのとおりなので、ぺこぺこと頭を下げる。

「お前のようにルールも守れないような者がいるから困るんだ。だいたい、このピアノはみんなが楽しく使えるようにと寄付されたものだぞ。それを……」

「本当にすみません。僕……」

「どうかしましたか」

おじいさんの剣幕に必死で謝っていると、駅員さんが駆けてきた。

「困りますよ、喧嘩は」

「喧嘩などしていない。この男が順番を守らないから！」

「すみません、そのとおりなんです。僕が悪いので」

わざわざ来てくれた駅員さんにも頭を下げる。思いつきでとった行動で大きな迷惑をかけてしまった。

「まあまあ、この人もこうして謝ってるし。ほら、ピアノを弾いて機嫌直して」

駅員さんがおじいさんをピアノに誘導すると、おじいさんはぶつぶつ言いながらもピアノの前に座った。

弾き始めた曲は、モーツァルトの曲だ。モーツァルトということはわかるけれど、曲名まではわからない。歩いていた何人かが足を止めるほどに上手だ。そうだよなあ。こういうところで弾く人はこれくらいじゃないと。

「すみません、ここ……ルールに厳しい人が多くて」

駅員さんが僕の隣に来てそっと耳打ちする。

「い、いえっ。今回は本当に僕が悪かったので」

「じゃあ、これで」

「あのっ！」

仕事に戻っていこうとした駅員さんを慌てて呼び止める。

「厳しい人が多いって、ルールを破った人に何か……」

「いえ、まあ。今日はいないんですが」

そう言った駅員さんがきょろきょろと周囲を見渡す。

「ピアノが置かれてから、よく来る人がいましてね。子供がちょっと歌っただけでヒステリックに叫んだり、演奏時間を超えているとこちらに文句を言ってきたり……。ルールはもちろん大切なのですが、なんというか」

苦笑いの交じった答えに、僕の頭にひとりの男の顔が思い浮かぶ。

「あの、子供が歌って叫ばれたのはいつごろですか？」

「うーん？　数カ月前かな？　双子の可愛い男の子が歌っていたので、こちらとしてはほのぼのと見ていたんですが、突然叫ぶから子供たちが泣いちゃって」

橋部文子さん。

その双子の子供たち。

時期ははっきりしていなくても、その符合にぞくりと背筋が寒くなる。

「すみません、もう戻りますね」

駅員さんがそう言って去っていく。慌てて名札を見て名前を覚えた。きちんと証言を取りなおさないと、と思ってメモ帳にその名前を書く。

休むつもりだったので、警察手帳は署に置いてきていた。

きちんと勤務中の警察官に証言を取ってもらって、報告した方がいい。

「木浦さんに電話……。緊急だから、いいよね」

携帯を取り出して、木浦さんに電話をかける。しばらく待ったけれど、応答はなし。

「忙しいか」

ぼんやり駅の方を眺めると、制服を着た警察官を見つけた。やっと要請が通ったらしい。ぱっと見ただけで四、五人はいる。きっと私服の警察官もいるだろう。

けれど、その人たちに頼むにも警察手帳を持っていない僕が何も言えるわけない。

少し悩んで、僕は署に電話をかけた。まだ捜査本部は残っている。こちらに人を回してもらえれば早く証言が取れるかもしれない。管轄は違うけれど、誰か木浦さんと一緒に来た人がいてくれれば。

『はい、捜査本部笹沢です』

あ、無理だと咄嗟に出そうになった声は飲み込んだ。とりあえずと捜査本部に回してもらった電話に出たのは笹沢課長だった。

「あの、お忙しいところすみません。立浪です」

『立浪？　なんの用だ。こっちは新しい事実が出てきて忙しいところなんだ』

そうでしょうねと言いたいのをがまんする。

「あの、本部から来られた方は誰かそこにいらっしゃいますか?」

『いないな』

ふっと鼻で笑うような声が聞こえて、これはいても繋いでもらえないなと悟った。

「わかりました。あの、ざっと状況を伝えますので誰か……」

「おい、お前! まだいたのか!」

電話をしている手をぐっと摑まれた。見ると、おじいさんが演奏を終えて僕に気がついたみたいだ。

それは怒るよね。

だって僕は時間がないからと順番を譲ってもらったのに、こんなところで電話をしているんだから。

『立浪?』

「すみません、かけなおします」

慌てて電話を切って、そこからまた僕はペコペコと頭を下げた。おじいさんが怒っているのはもっともなので、ちっとも苦ではない。

ひとしきり、言いたいことを言って満足したのかやっとおじいさんから解放されて携帯を見ると、留守電が入っていた。

木浦さんからかと思って聞いてみると、笹沢課長からで……。忙しいのにふざけるな、もうかけてくるなと怒った声が入っている。

なんだか一気に疲れてしまった。

ひとまず、証言のことを木浦さんにメールで送る。気がついたら人を手配してくれるだろう。

「最初からメールにすればよかった」

気が焦って、早くと思ったけれど……。もう橋部文子さんの子供の証言はあるし、新しい証言というわけではなく、どちらかというと裏づけだ。そう急ぐことではなかったかもしれない。

「帰ろう」

結局、なんの役にも立てなかったなと僕は改札に向かった。

電車に乗って、いつもとは違う風景を見ながらいくつか路線を乗り換える。

慣れた駅に着いたときにはどこかほっとした。

改札を出て、ゆっくり家へ向かう。途中に公園を抜けた方が近道なのは、ちょっとした利点だと思っている。だって、近道できる上に散歩気分が味わえる。駅からは徒歩二十分と微妙な距離だけど公園があるおかげで楽しい道だ。

ちょうど十四時を回った時間。公園には人がほとんどいない。

小学校の子供たちが遊びに来るには少し早い時間。かといって、もっと小さな子が遊ぶには遅い時間。

ぴりり、と携帯が着信を告げて僕は立ち止まる。

「木浦さんだ」

きっと送った写真とメールを見たのだろうと慌てて通話ボタンを押す。

『今、どこにいる?』

「家の近くの公園です」

『お前、さっきピアノを弾いたか?』

「え?」

『順番を抜かして、猫ふんじゃったを弾いた若い男がいた』

すごいな。そんなことまで伝わったんだ。僕が順番を譲ってくれと頼んだおじいさんがどこかに文句を言ったのかもしれない。

『そして、その男の後をつけていった男がいるらしい。お前が見つけた男に似ていると』

「……っ!」

思わず、後ろを振り返った。

視界に入る範囲で人影はない。だけどそれは、周囲に誰もいないということ。

『ピアノを弾いたのはお前なのか？　今、どこだ』

「あの、ピアノを弾いたのは僕です。すぐ、家に帰り……」

帰りますから、と言おうとしたとき足音が聞こえた。

慌てて振り返るけれど、誰もいない。

『とにかくひとりにはなるな。できるだけ人が多い場所に行け』

木浦さんの声を聞きながらゆっくり周囲を見回す。

井上梨乃さんがピアノを弾いた後につけていった男の影を思い出した。

落ち着け。三人が襲われたのは、その当日じゃなかった。犯人はしっかり下調べをしてから犯行に及ぶ。だから、僕の後をつけていたとしても、きっと今じゃない。そう思うのに……。

嫌な予感がする。

じっと見られているような、嫌な感覚。

『立浪、聞いているか？』

木浦さんの少し焦ったような声が聞こえた。

「はい、聞いてます」

静かに答えながら、ごくりと唾を飲み込んだ。

戻った方がいいかもしれない。それがこの公園を出るのには一番の近道だし、何より駅前で人が多くなる。

「今から駅の方へ向かいます。大丈夫です」

警戒しながら向きを変えた。

通話を切って、携帯をポケットへしまい込む。

耳を澄ましながら、ゆっくり歩き始める。少し進むと、ざりっという足音が聞こえた。

僕の歩くリズムとは、違う足音。

誰かが、後をつけている。

はっきりと確信して、歩くスピードを上げた。

この先は両側に木がある小道だ。駅に行くには近道で、細いながらも人がよく通る。ただ、大きくカーブしているから後ろは見えにくくて……。

何か仕掛けてくるなら、きっとここを大きく曲がったとき。

そう思って、曲がった瞬間に後ろを振り返った。

「うわっ！」

振り返った先に、ナイフを構えた男がいた。

あの男だ。

一人目の橋部文子さんの事件現場にいた。

二人目の堂本詩織さんのピアノを聞いていた。

三人目の井上梨乃さんをつけていった。

低く構えた左手のナイフが狙っているのは、腰くらいの高さ。

『傷だ。被害者三人は後ろから腎臓付近を狙われている。突発的な殺人なら、狙うのはもっとわかりやすい場所だ。犯人は冷静に被害者を殺そうとしている』

木浦さんが言っていた言葉を思い出す。

「お前っ、本当に……！」

咄嗟に沸き起こったのは、怒りだ。

男がナイフを構えて向かってくるのを避ける。男は目標を失って少しよろけたが、再びナイフを構えた。

「本当に、ピアノのルールを守らなかったことだけでこんな……」

「だけだと！　あのピアノはみんながルールを守って楽しく使わなくちゃいけないんだ！　そのルールを破った奴が悪い！　お前らのような奴は社会のルールも守れないクズだ！」

そう叫ぶ男の顔には奇妙な笑みが浮かんでいる。

「俺はみんなのためにルールを破った奴らを排除しているだけだ！」

向かってくる男の体を避けて、どんと背中を押す。男は自分の勢いもあって、ふらついた。

体勢を崩した男に蹴りを入れる。体が倒れていくのを追うように、地面に押さえつけた。はずみで手から離れたナイフを遠くに蹴る。

交通課勤務ではあるけれど、一応それらしい訓練は受けている。成績はあまりよくなかったが役立った。

「みんな困ってる！　ルールを守らないのが悪い！」

「みんなって誰だ」

「みんなだよ！　掲示板でも、みんな俺が正しい、ルールを守らない奴らが悪いって言っていた。そういう奴らには誰かが罰を与えないとわからないんだ。だから、俺がやってやったんじゃないか！」

「殺されなきゃいけないような罪じゃない！」

「だったらなんでもやっていいのか。歌を歌いたければカラオケにでも行けばいい。時間を超えて弾きたければ、何回も並ぶべきだ。終わりの時間がなんのために決められてい る！　それに、順番を飛ばされても、文句を言えない人だっているのに！」

すごい力で暴れる男を必死に押さえつける。体力はこちらが上でも、体格は男の方が上だ。長い時間暴れられれば、押さえつけておけない。

「悪いのはお前らだ！　小さなルールさえ守れないような奴は社会のクズだ！　クズを排除して何が悪い！」

男の目がぎょろりと動く。焦点の合わないその瞳はどこを見ているのかわからない。ただ不自然に上がった口角が作り出す笑みが気持ち悪くて。

「お前、今自分がどんな顔をしているか気づいてるか」

問いかけると、男が動きを止めた。

「本当に怒っていたら、そんな笑みは浮かばない。批判できることが楽しくて仕方ないって顔をしているっ」

男は虚をつかれたような顔で僕を見上げた。

「お前は、自分の楽しみのために人の過ちを利用しているだけだ。間違えるな！」

殴りつけたい気持ちをがまんして叫ぶ。

「そんなことはない……。俺はみんなのために……」

声がどんどん小さくなっていく。

ちょうどパトカーのサイレンが聞こえてきた。きっと木浦さんが人を回してくれたんだろう。そう思ってほっとした瞬間、男が再び暴れ始めた。

「くそっ」

気を抜いてしまったからか、男が僕の体を押しのける。咄嗟に体勢を立てなおすけれど、男はまっすぐにナイフに向かって走りだしていた。

まずい。

そう思って男を追いかけようと立ち上がる。

「立浪っ！」

そのとき、聞こえた声に耳を疑った。

「木浦さん？」

本庁に行っていたはずだ。いくら僕の家が署から近いとはいっても、そう簡単に来られるはずない。

そう思うのに、一番最初に見えた姿は木浦さんのもので。

その後ろに岩木さんや制服の警察官はいるけれど、僕の目に映るのは木浦さんだけで。

「警察っ！　よかった、こいつ。こいつです。捕まえてください！」

そう叫んだのは僕じゃない。ナイフを拾い上げた男は、走ってくる木浦さんたちに向けて大きく手を振った。

「こいつがピアノの順番を守らなかったんです！　早く逮捕してください！」

そのはずむような声を聞いてぞっとする。

本気でそう思っているらしい。

「……なるほど。ところで、どうして貴方はナイフを持ってらっしゃるんですか？」

男と数メートルの距離で止まった木浦さんが、にっこり笑う。

「それは俺の身に危険があったからです」

「ではもう必要ありませんよね。それを地面に置いてもらえますか？」

木浦さんの口から出ているとは思えないほど優しい声だ。逆に怖い。岩木さんを見ると、若干、顔色が悪い気がする。

「いえ、俺は大丈夫です。早くあいつを捕まえてください」

「ええ。もちろん。ですが、その前にナイフを」

「俺は危険じゃない！　悪いのはあいつだ」

男がナイフを持ったまま叫ぶ。

その瞬間、木浦さんの顔から笑みが消えた。

まずいと思ったのは僕だけじゃないらしい。岩木さんが慌てて木浦さんに近づこうとして……。でもそれより早く、木浦さんが動いた。

できる男っていうのは、本当になんでもできるんだなと思った。

あっという間に間合いを詰めた木浦さんが、男の手からナイフを叩き落とす。それと同時に膝で男の腹に蹴りを入れた。

呻《うめ》いた男が地面に足をつく。

「確保！」

木浦さんの声に後ろにいた岩木さんたちが数人がかりで男を取り押さえた。すぐに手錠がかけられて、時刻が読み上げられる。

その一連の流れはまるでドラマを見ているようで、僕は呆然と立ち尽くす。

「立浪」

「は、はいっ！」

だから、木浦さんがすぐそばに来ていることにも気がつかなくて。

「立浪、無事でよかった」

視界が真っ暗になってから、ようやく僕は抱きしめられているのだと気づく。

「え、あの……っ」

岩木さんがどういう表情をしているのか見えない。見えないけれど、無言でいることがどれだけ忍耐を要することなのか十分に想像ができる。

「き、木浦さん。僕は大丈夫ですので」

今、犯人を確保したのだ。これから取り調べが始まり、色々と裏づけ捜査も必要になってくる。それは木浦さんの指揮下で行われるべきことだ。僕なんかほうっておいてくれていいのに。

「立浪」

木浦さんがハンカチを差し出してきて、僕は少し首を傾げる。そうしていると、木浦さんがハンカチを僕の頰に当てた。

「泣くな」

言われて初めて、頬が濡れていることに気がついた。

「……怖かっただろう？」

その声にはっきり首を振る。

怖かったんじゃない。そりゃあ、全然怖くないといったら嘘になるけれど、これは怖くて流した涙じゃない。

「悔しい。僕は、悔しいんです。あんな男に、終わらせられる命じゃなかったのに！」

橋部文子さん、堂本詩織さん、井上梨乃さん。

みんなそれぞれに輝いていたのに。

あんな、理由で。

「ああ、そうだな」

木浦さんの声が優しくて、僕は声を殺したまま木浦さんの腕の中で泣いた。


「好みがわからなかったから、同じのにしておいた」

木浦さんが差し出してくれたのはすっかり見慣れたコーヒーショップの紙カップだった。

署に戻ったときは大騒ぎで、急な逮捕に周囲が慌ただしく動いていた。

僕もすぐに報告書を提出するよう求められて、第三応接室に連れてこられた。

捜査本部でも、自分の机でもなくここだったのはゆっくりできるように配慮してくれたからだろう。

「また岩木さんが買ってきてくれたんですか」

そういえば、朝のサンドイッチのお礼も言っていない。あとで纏めて言わないと。

「いや、俺が買ってきた」

なんだ。こっちは木浦さんが……。

「え？」

待って。木浦さんが買ってきた？　僕のコーヒーを？

「気にするな。確認したいこともあったし。礼だけ言ってくれればいい」

「あ、ありがとうございます」

ぎこちないお礼に木浦さんが笑う。

「少し甘めがいいかと思ってチョコレートソースも追加しておいたぞ」

チョコレートソース！

そんなことができるのかと感動しながらコーヒーを受け取る。

「報告書は？」

僕はただの運転手で、捜査に携わるような権限はなかった。それなのに勝手に単独行動で囮捜査《おとりそうさ》をしたと言われてもおかしくない行動をとってしまった。そうじゃないと言えば言ったで、好奇心で捜査を攪乱《かくらん》したのかと怒られそうだ。

色々と悩んだ末に、難しく考えても仕方ないと、できるだけ客観的に書いた報告書。それでも作成には随分時間がかかってしまった。

「見せてみろ」

木浦さんが僕の隣に座って、パソコンの画面を覗き込む。

ひととおり読んだ木浦さんはゆっくり首を横に振った。

「いいか。自分は悪くないということを直接的でなく、上手い具合に文章の端々に忍ばせていくんだ。その調査書を読み終えた者が香寿は巻き込まれただけだと思うように」

「そんな高等技術は無理……え？」

今、香寿って名前で呼んだ？

顔を上げると、すぐ近くで目が合った。木浦さんは何事もなかったように話を続けていく。

「たとえば最初のこの部分。俺に休むことを指示されて警察署を出たとあるが、それだと命令違反の印象を与える」

印象というか、まさしくそうだと認識しているけれど。

「休むようにと指示は受けたが、木浦管理官が本庁から戻ればストリートピアノの現場に向かうだろうと感じたことから、下見に行ったと書いておけ」

下見？　現場には行かないと言っていた木浦さんのために？

そう聞きたくて小さく首を傾げると木浦さんが少し笑う。

「別に実際に俺が指示したと書くわけじゃない。香寿の判断でストリートピアノを見に行ったという事実が変わるわけでもない」

また香寿って呼んだ。

「あの」

「それから、下見なのだから周辺の写真を撮ることも間違っていない。ピアノを弾いたことについては……そうだな。あのピアノのせいで殺人事件が起きているなら、誰かに弾かせるのが怖かった。先に自分が弾けば、市民を守れるかもしれないと思ったというのはどうだ？」

どうだってなんだ。

「事実は変えない。それにまったくそういう気持ちがなかったわけじゃないだろう。囮捜査なんて意図がなかったことは、捜査本部に電話で協力依頼をしようとしたことが証明している。嘘はついていないはずだ」

嘘ではない。確かに、そうじゃないけれど。

「むしろ勝手に囮捜査をしたのだと思われたら、そちらの方が嘘になってしまう。そんな気はなかったのだから」

上手く誘導されているような気がする。気がするけれど、反論できるほどの力が僕にはない。

「後は、そうだな。襲われた後のことか。ここでは香寿の活躍も書いた方がいい。一度は取り押さえたんだろう？」

香寿。三回目の、香寿。

「あの、木浦さん」

「なんだ？」

「さっきから、香寿……」

ふっと視界が暗くなった。

「……っ！」

木浦さんの顔が近づいてきて、掠めるように唇が触れる。

「報告書はこんなものか。早く印刷して、署名してしまえ」

「いっ、あっ……えぇっ？」

頭が爆発するかと思った。

何事もなかったみたいに印刷のボタンをクリックする木浦さんを信じられないような目で見つめる。

この人、今、何をした？

ウィーンと動き始めたプリンターの音がやけに大きく響く。木浦さんがすっと立ち上がって、印刷されたものを持って戻ってきた。

「ほら。署名」

「でも」

「俺に逆らうのか？」

にやりと笑われて、慌てて署名する。まだ頭がぼんやりしているというのもあるかもしれないけれど、事実に反してはいない。大幅に改ざんされたのは僕の心情の部分だけなのだから。

けれど、それによって受ける印象は随分違う。

思いつきで捜査を攪乱しそうになっていて事件に巻き込まれたというのが最初の報告書の中の僕だった。

新しい報告書の中の僕は、常に木浦さんのことを考えて行動し、仕方なく事件に巻き込まれている。しかもそれに対して完璧とは言わないまでも精いっぱい対処している様子が窺える。

出世する人っていうのは、こういう要領のよさを持っていないと駄目なんだろうな。僕にはやっぱり無縁の世界だ。

「では、本部に提出だな」

確かにこの報告書を待っている人はたくさんいる。

これから犯人の供述とともに、この報告書の内容を裏づけ捜査していく。急な逮捕では送検までの間にできるだけ多くの証拠を集めなくてはならないからだ。

万が一にも証拠不十分で不起訴になんてさせない。

木浦さんと一緒に本部へ行くと、笹沢課長がすごい形相で近づいてきた。

「立浪っ、お前勝手なことを！」

摑みかかられそうな勢いに肩を竦めると、木浦さんが僕と笹沢課長の間に割って入る。

「管理官！　立浪の勝手な行動を許していては……っ！」

「いや。俺の役に立ちたいと思った行動だ。結果、迅速な犯人逮捕に繋がった。ベストとは言えなくても、責められるようなことではない」

「ですがっ！」

「笹沢、それよりお前は立浪からの協力要請の電話を断ったらしいが何故だ」

ぐっと笹沢課長が言葉に詰まるのが見えた。

「ですが、立浪はただの巡査で……」

「確かに警察で階級は大切だ。しかし、要請を断る理由にはならない。警察は、個人の生命、身体及び財産の保護に任じ、犯罪の予防、鎮圧及び捜査、被疑者の逮捕、交通の取締、その他公共の安全と秩序の維持に当ること。立浪は間違っていない」

はっきりとした声は捜査本部に響き渡る。それでも何か言おうと口を開きかけた笹沢課長は木浦さんのひと睨みに口を閉じた。

「笹沢。お前にはがっかりだ」

本庁のキャリアのそのひと言は、重い。出世を目指す笹沢さんにとってはなおさらだ。がくりと肩を落とす笹沢課長の顔は、蒼白と言ってよかった。

「あの……」

「ほうっておけ」

声をかけようとした僕を木浦さんが止める。

確かに今の僕が笹沢課長にかけられる言葉なんてなかった。


「三階です」

エレベーターに乗り込んで、木浦さんが僕を見るから素直に答えた。

あれから僕は木浦さんに家まで送ってもらった。もちろん、忙しい木浦さんにそんなことはさせられないと断固拒否したが、いつの間にか丸め込まれていた。

「指示は出し終えた。捜査本部の連中は裏づけ捜査に出向いて本部には誰もいない。犯人の供述もまだ始まっていない。今はぽっかり時間が空いている」

そう言われればそうかもしれないなんて思ってしまったのと……。

やっぱり、木浦さんが近くにいることの安心感は半端なくて。

「本当に、もう大丈夫ですから」

車の中で。マンションの前で。そして今。何度となく木浦さんに帰ってもらおうとしたけれど、木浦さんはそのたびに優しい微笑みを浮かべる。

その微笑みに甘えてしまって、黙り込む。永遠のループのように思われたけれど、部屋の前にたどり着いて、ようやくそれが終わろうと……。

終わるよな？

玄関の扉に鍵を差し込んでもそこから動こうとしない木浦さんを恐る恐る見上げる。

「あの、木浦さん？」

木浦さんの手が、鍵を掴んでいる僕の手に伸びた。回すことを躊躇《ちゅうちょ》していた手を握り込んで、鍵を開けてしまう。

「木浦さんっ？」

そのまま玄関の扉を開けて、ぐいと体を押し込まれる。

気がつけば、また視界が真っ暗になっていて……。

ちょっと前にもあった。

木浦さんに抱きしめられている。

「ここまで焦ったのは人生で初めてだ」

僕を抱きしめたまま、木浦さんが呟いた。そして、気のせいじゃなければ後ろ手に玄関の鍵を閉めて……、靴を脱ぎ始めている。

「あの……うわっ！」

驚いたのは、そのまま軽々と持ち上げられたからだ。

「く、靴！」

そんなことを気にしている場合ではないが、いくら持ち上げられても靴のまま家の中に入るには抵抗がある。

「早く脱がないお前が悪い」

そんなのは理不尽だ。僕は玄関前で木浦さんと別れるつもりでいた。家に入れる気なんてなかったのに勝手に入ってきて、勝手に抱きしめて。

「ほら」

ほら？

「脱げ。待ってやる」

抱っこされたまま脱げと言われても体勢が厳しい。無駄にバタバタしていると、溜息をついた木浦さんがやっと下ろして……くれない。そのまま部屋の奥に行こうとするから、慌てて足を引っかけて脱いだ。

「できるじゃないか」

いや、褒められるようなことでもない。

「狭いな」

そして部屋に文句を言われるいわれもない。

僕の部屋は1DKだ。通路兼キッチンを抜けると、八畳の部屋がある。ただ、それだけの造り。でも築浅だし、角部屋だ。狭くても自分の給料で借りている部屋。

「木浦さんの部屋からすれば犬小屋みたいなものでしょうけど……って！」

木浦さんが僕を下ろしたのはベッドの上だった。

この部屋にソファはない。友達が来たときはベッドの上に座ることも多いから、それは別にかまわないけれど、問題はベッドに投げ出された僕の上に木浦さんがいるということだ。

「な、なんですか？」

「何ってお前が言ったじゃないか。好きなのかと。俺はわからない。わからないが、お前が襲われるかもしれないと思ったら、目の前がまっくらになった」

真剣な顔で見下ろされて息が止まりそうになる。

掠めるようなキスを急に思い出した。視線が自然に木浦さんの唇へ吸い込まれて慌てて目を逸らす。

「本庁から所轄に戻ることになって、その途中でお前のメールを見た。犯人の動機はここにあるかもしれないと、最近誰かストリートピアノで揉めていないか聞いたところ、ついさっきちょっとした騒ぎがあったという」

あー、それは僕か。

「すぐに防犯カメラを確認させてみれば、ピアノを弾いた若い男の後を犯人らしき奴がつけていったと。どうしてあんな真似《まね》を」

「だって、本当に理由がわからなかったし……」

木浦さんの顔が近づいてきた。慌てて肩を押して止めると、木浦さんが眉を寄せる。

「それと、この体勢とどういう繋がりがありますか？」

「わからん。わからんが……、今は無性にお前を抱きしめたい」

「……っ！」

すごいことを言われた。

いいですよとも、だめですとも言えなくてぎゅうと唇を結ぶ。

「だめか？」

「あんな触れるだけのキスでは物足りない」

慌てて唇を手で覆うと、木浦さんは微かに笑って体を起こした。僕も慌てて体を起こして……。バタバタと部屋の隅に移動する。

「ほんとに猫みたいだな」

木浦さんはベッドに座って長い足を組んだ。

「あの、木浦さん。僕はもう大丈夫ですので、署に戻られては？」

立ち上がる気配のない木浦さんに告げてみる。

木浦さんは少し考えるように目を細めて……それから僕に近づいてきた。

「香寿」

もうすっかりなじんだ僕の名前を呼んで、視線を合わせるようにしゃがみ込む。

「お前は俺が好きだが、俺はお前が好きだと思うか？」

「えっ？」

逆だろう、と言いたくなる。

触れるだけとはいえ、キスをしてきたのは木浦さんだし、今も抱きしめたいなんて言っていた。一刻も早く署に帰らなければならないはずなのに、僕の部屋に居座っている。

「僕が、いつ、木浦さんを好きだと言いましたか？」

「手を握った」

「は？」

まさか、そんなことで？

今どき、小学生だってそんな勘違いはしない。そう思ったのに。

「それからずっとお前は俺を意識している。触れると、心拍数が上がる。近くに寄るのを嫌だという気配を見せない。俺のパーソナルスペースに入ることに躊躇しないし、全身で俺が好きだと言っている」

冷静に観察されてた！

「そ、そんなはずは……」

確かに面倒だなと思っても、嫌いだと感じたことはない。けれどそんなふうに態度に出ていたか？

「人前で抱きしめても、嫌がらなかったじゃないか」

人前で……。ああ、さっき。あれは特殊な状況だったからだ。そう言いたいのに、声が出ない。

「あの」

だって僕はこのところずっと木浦さんのことばかり考えている。

木浦さんの言うとおり、ずっと意識している。

「いくらでも反論しろ。全部、論破してやる。お前は、俺が好きだ」

まっすぐに言われて、ごくりと唾を飲み込んだ。

間違っていない。

僕は木浦さんが、好きだ。

自覚したとたん、その言葉が熱になって全身を巡っていくようで落ち着かない。

木浦さんがすぐ近くにいることが、余計に僕をそうさせた。

「さっきの質問に戻るが、俺はお前を好きだと思うか?」

「……」

ここで頷いたら、どうなるんだろう?

木浦さんの顔がすぐ近くにあって、僕は自分の胸に手を当てる。

「香寿」

至上最高の速度で動く心臓は一向に収まらない。

「キ……ス……」

「ん?」

「キス、してみますか。そうしたらわかるかも」

声が掠れた。

自分で言っておいて、何を言っているのかわからない。目が合うと、木浦さんは唇の端をゆっくり持ち上げる。

「じゃあ、逃げるな」

頬に伸びた指先が、唇に触れる。恐る恐る、その指先に舌を伸ばした。

指先を口に含むと、木浦さんがあっけにとられたような顔をしていて……。ああ、木浦さんも僕が好きなのだと理解した。

それは自分の気持ちを自覚したときよりも、何倍も幸せで。

指では嫌だと思った。

「木浦さん」

名前を呼ぶと、視線が絡む。

「キス、してくださ……」

最後までは言えなかった。言葉は木浦さんの口の中に飲み込まれる。

「んっ」

壁に押しつけられて、木浦さんの舌が強引に押し入ってくる。必死に舌を伸ばすと、触れた瞬間に絡まって逃れられなくなる。

「んんっ……ぁっ」

発しようとした言葉が嬌声《きょうせい》に変わる。間近で見る木浦さんの目は、まるで獲物を狙う獣のようだと思った。

「待っ……」

両足を摑まれたかと思うと、一気に引っ張られた。ずるりと床に崩れ落ちた瞬間に唇が離れるけれど、すぐに覆いかぶさってきた木浦さんに塞がれてしまう。

「木浦、さ……待っ……」

上から押さえつけてくる体は、大きくて。息を求めて唇を離すと、すぐに追ってきて再び息が苦しくなる。

「……っ！」

足の間に入り込んできた木浦さんの膝が、僕のその場所に当てられた。

ぐっ、と押されるように刺激されて……そこがすでに固くなり始めていたのだと気づく。

「香寿、俺の気持ちはわかったか？」

聞かれて小さく頷いた。

ようやく離れた唇は……今度は、首筋に……。

「ローションはあるか？」

「ありません！」

即座に言い切る。

「……まあいいか」

よくない。いや、ローションがないことがよくないのではなくて、木浦さんの発言が問題だ。

「待って、待ってください！」

再び近づいてこようとした木浦さんを必死で押しとどめる。

不思議そうな顔をしないでほしい。その顔は僕の方に権利がある。

「めちゃくちゃじゃないですか」

「どうしてだ」

「まず、僕と木浦さんは恋人同士でもありません！」

「必要か？」

「あたりまえです」

「では、今、この瞬間から俺はお前の恋人だ。それで問題はない」

ヤバい。殴りたくなった。

首筋をべろりと舐《な》められて体が竦む。

カチャカチャという音にそっと視線を下ろすと、木浦さんが僕のベルトを外そうとしているところだった。

もう一度言う。

僕のベルトを外そうとしているところだった。

「何してるんですか！　今はこんなことしている場合じゃないでしょう？」

せっかく犯人を捕まえたのだ。早く署に戻ってやらなきゃいけないことがたくさんあるはずなのに。

「戻れば仕事に追われる。それが終われば……俺は本庁に戻る。また別の事件にかかりきりになる」

木浦さんは目を細めて僕を見下ろしていた。

「そうなったら、お前と俺の生活は重ならない。次はいつ会える？　休みが重なる日は？　それまで待てない」

再び重なろうとした唇を必死にガードして首を横に振った。いくらなんでも、これはない。

「香寿」

恨めしそうな視線を向けられても、はいどうぞと差し出せるはずない。

「木浦さんは、勤務中でしょう？」

「だからどうした？」

するりとベルトが抜かれた。あっけなくファスナーが下ろされて、ズボンが……。

「待って！」

慌てて押さえるけれど、間に合わない。

「あっ！」

木浦さんの手が、大きい。

それを感じるのが、自分自身のそれだなんて泣きそうだ。

「だだだだ！」

だめだ、と叫ぶ前に太ももに手をかけられて大きく開かれた。足首に残ったままのズボンが僕の動きを拘束する。

「ふわっ！」

いきなりそれを咥えられて、頭がパニックになる。今からそういう行為をするにしても、順番ってものがあるだろう。

見つめ合ってキスをして、恥ずかしがりながらお互いの服を脱いで、えっと……それから、えっと……。

「ああああっ！」

こんなふうに急な快楽を押しつけられるのではなくて！

あっさりと固くなっていく自分自身が情けない。けれど、木浦さんの舌が絡んで……。そんなふうに全体を舐められたら、誰だって。

「あっ、や……っ！　だめっ！」

くちゅくちゅと水音が響く。耳を塞いでしまいたくて、けれどそれより感じている顔を木浦さんに見られたくなくて僕は両手で顔を覆う。

「はっ……あ……っ！」

陰嚢《いんのう》をやわやわと揉まれて、腰が浮いた。まだ固い後ろに指を添えられて体がびくりと震える。

「固いな」

「あ、あたりまえ……っ！」

ひやりとした感触に、驚いた。

「そそそそんなとこ！」

ぐるんと体をひっくり返されて、うつ伏せになる。腰に手を回して軽く持ち上げられると、晒されたその場所に再び木浦さんの顔が近づいて……。

「だめ、だめです！　あぁっ！」

必死で伸ばした手がカーテンを掴む。ブチッと音がして手ごたえがなくなった。きっとレールと繋いでいる部分が壊れた……。そう思うと、カーテンを掴んでいられなくなって手を離してしまう。

「……っ！」

ぬるりとした感触が、木浦さんが固いと言ったその場所に当てられる。

同時にすっかり立ち上がった自分自身に触れられて頭が真っ白になる。

上下に扱《しご》くその手と、後ろを暴こうとする舌と……。どちらに感じているのかわからなくて、ただ声を押し殺そうと必死になった。

「香寿、力を抜け」

必死で首を横に振る。だって力を抜いたら……。

「香寿、頼む。お前の中に入りたくておかしくなりそうなんだ」

「……っあ！」

力を抜くつもりなんてなかった。それなのに、力が抜けてしまった。

その隙に、木浦さんの指が……。

「いい子だ」

またくるりと体の向きを変えられる。その隙に、足首に絡まっていたズボンとパンツがなくなって……。でもすっかり力の抜けた僕は、抗《あらが》う気力もなくて。

木浦さんの指がゆっくりと入口付近を探って奥へと行こうとする。

「あっ、や……！」

侵入しようとする指に木浦さんの舌が添えられる。僕が阻もうとすると、そこを和らげるように舐められて。

同時にもう片方の手で自身を触られて泣きそうになる。

こんなの、もうどうしていいかわからない。

「まだ、いくなよ？　香寿は体力がなさそうだから、そう何回もいけないだろう」

高ぶりそうになったとたんに手を止められて、知らないうちに首を横に振っていた。ぐぐ、と指が奥へ進んで……。

「一本、飲み込んだぞ」

それだけで精いっぱいだ。僕の後ろは木浦さんの指を飲み込んだだけで悲鳴を上げそうになっている。

「お前の中は、温かい。すぐに二本目も入りそうだ」

嘘だ。

中の指をぐるりと回されて腰が跳ねた。木浦さんの体が、僕に覆いかぶさって首筋を甘く噛まれる。

「香寿」

いつの間にか抜き差しがスムーズになった指が……、増える。

二本がゆっくりと侵入してきて……いっそ一気にいってくれればいいのにと思う。

こんなふうに僕の様子を窺いながらでなく、もっと……僕も夢中になれるくらい、もっと。

「香寿」

耳元で囁かれて、ハッとした。

「ゆっくり抱いてやりたいのに。すまない」

「え……あぁっ！」

奥に入った指がある一点をついた。その瞬間、どうしようもない衝撃が走る。

もっと、と確かにそう思った。

けれどいざそれが襲ってくると、僕はただ首を横に振るしかできなくて。

「いい子だ、香寿」

木浦さんが何か言いながら、僕の頬にキスを落とす。そのキスはすごく優しいのに……僕の中で動く指は容赦なく僕を追い詰める。

「三本、入った」

「や……痛い」

「痛くない」

僕が痛いって言ってるのに、木浦さんは上機嫌で僕の頭を撫でる。

ばらばらと動く指が……そこで準備が整い始めているのを、木浦さんに教えているんだろう。

「そろそろか」

そう言った木浦さんが取り出したのは、ゴム。コンドーム。

「なんで、そんなの持って……！」

「まあ、一種の嗜《たしな》みか」

嗜みってなんだ。僕はそんな嗜みをしたことない。したこと……、いや、まあ女の子とデートするなら考えなくもない、けれど。

「そんな嗜み……っ！」

今、木浦さんがそれを持っているっていうことは犯人の目星がつきそうなそのときにも持ち歩いていたってことだ。

「持っていると、抜きたくなったときいつでも抜けるぞ」

「きゃー！」

木浦さんが、抜く？

木浦さんも自分でしたりするのか？

「仕方ない。疲れるとしたくなるっていうだろう。目についた奴に手を出すわけにもいかないし、適当なのを呼び出しているような時間はない」

木浦さんが……自分で。

それを想像すると、つま先から頭の先までを何かが駆け抜けた。

木浦さんは、僕の表情を見てにやりと笑う。

「最近は香寿のことばかり考えていた」

恥ずかしさで、全身が真っ赤になるかと思った。

僕……。僕なんかで、木浦さんが……？　できるのか？

かちゃり、と音がして僕は目を見開く。

木浦さんが、ベルトを外そうとしていた。

つまり、僕がこんなにされている間、木浦さんはまだ服を着たまま。いや、ぼくも下半身しか脱いでいない。そんなふうに、脱ぐ間も惜しいくらいのセックスなんて。

取り出した自身のものに、木浦さんがゴムを被《かぶ》せていく。

そそり立つものは……僕のとは比べ物にならないほど大きくて。

「木浦さん」

「なんだ」

「指が三本入ったところで、それ……」

入りますか、と聞きそうになって言葉を止めた。なんて質問をしているんだ、僕は！

「そういうものだ」

準備が整った木浦さんが、それを僕の後ろに当てる。

無理だ。やっぱり入るわけ……。

逃げようとした腰を両手で押さえられる。

「い……あああっ！」

容赦なく進んでくるそれが、痛みと……それ以外の感情を揺さぶりそうで。

「香寿、力を抜け」

「無理……っ、無理です……！」

声が掠れる。セックスってこんなのだったっけ？　こんなに痛くて、熱くて……心がぎゅうっと締めつけられるような……。

「香寿」

こめかみにキスが落ちる。

顎に手がかかって、唇が木浦さんのそれで塞がれた。

「ん……っ」

絡んでくる舌に夢中になるのは、どうしてだろう。くちゅくちゅと響く音に、頭がぼんやりとしてくる。

「んんっ！」

少し力が抜けた、そう思った瞬間に一気に奥へ……。

「入っ……」

「ああ、入った」

「ふぁっ」

木浦さんが少し体を揺さぶるだけで、びりびりと電気が走るみたいだ。

「あっ！」

わずかに抜いて、突く。小さな動きだったのに声が上がる。

「香寿は、感じやすいな」

にこりと笑った木浦さんが僕の腰に手を回した。片方の足を肩にかけて……木浦さんがそっと膝にキスを落とす。

「木浦さん……」

ごくりと、唾を飲み込む。

「香寿。こういうときは、名前で呼ぶものだ」

腰を掴む手に力が入った。

そう、思ったとき木浦さんがゆっくりと腰を動かし始める。

「あ……っ」

そのわずかな刺激にも、目から火花が出そうだと思った。

「香寿、名前」

体が揺れる。木浦さんの声が遠くなる。

「香寿」

何度も請われる声に、僕はゆっくり口を動かす。

「達城」

名前を呼ぶと、木浦さんがぴたりと動きを止めた。

視界の端で、木浦さんが破顔したのが見えて。

「ああああっ!」

激しくなる動きに僕は叫んだ。

「香寿、タオルはどこだ?」

ぼんやりとした意識でそんな声を聞いた気がする。僕は何か答えただろうか。あんまり記憶はないけれど、温かいもので体を拭われている感覚はあった。

「水、ここに置いておく。熱があるわけじゃないな？　大丈夫か？」

その言葉には力なく首を横に振った。

大丈夫なはずはない。あんなことや、こんなこと。何度も無理って言ったのに、あんな体勢まで。

「お婿に行けない」

自分がそういう体にされてしまったことだけはわかる。泣きそうだ。

笑い声が返ってきた気がするのは、聞き間違いだと思いたい。僕は真剣だ。

「……は、……だ」

「……です。……かも……」

遠くで会話のような声も聞こえる。会話？　誰と誰が？　ああ、木浦さんが電話でもしてるのかな。

「香寿」

キスの音。

頭を撫でる手。

そんなに優しい仕草ができるなら、あんなにひどいことしないでほしい。

その手が離れていくのを止めたいと思うけれど、睡魔には勝てなくて。

僕は薄れていく意識の中で玄関が閉まる音を聞いた。


「……痛い」

主に、腰。関節。それから人には言えないようなところ。

恐ろしいと思うのは、僕が目覚めるとテーブルの上に薬とペットボトルが置かれていたことだ。薬は痛み止めと……人に言えないようなところに塗るもの。

「これ、誰が」

木浦さんしかいない。いないけれど、木浦さんが買いに行っている時間はなかったはずだ。

ふと見ると、木浦さんの高そうなスーツがハンガーにかけられていた。

「……っ！」

あまりに驚いて体を起こそうとして……僕は痛みにのたうち回る。いや、回れない。回った気になっているだけだ。

「え、じゃあ木浦さんは僕の服？」

僕の服を着ていったかと考えたが、木浦さんに僕の持っている服が入るはずはない。そうなると、着替えが存在していたことになる。いくらゴムを持ち歩いている木浦さんでも着替えまで持ち歩いてはいないだろう。

「……」

ぼんやりした意識の中で聞こえた会話を思い出す。

そういえばあのとき、うっすら敬語も聞こえた。携帯で通話していたなら相手の声は聞こえない。

「まさか」

木浦さんは、ここに誰かを迎えに来させた。

それなら説明がつく。木浦さんが使っていた部屋には着替えが常備してある。誰かにそれを持って迎えに来させて、着替えて出ていった。皺になったスーツを置いて。

「……死んだ」

僕はもう終わりだ。

木浦さんと寝たばかりか、それを誰かに知られてしまった。

こうして後ろ向きなことばかりを考えてしまうのは体が思うように動かないからだろう。

木浦さんは……。なんというか、すごかった。

時間もないっていうのに、回数は……うん。指をいくつか折って、僕は大きく首を横に振る。

僕は下半身だけを脱いだ格好、木浦さんは前を寛げただけ。

あんな余裕のないセックスは初めてだ。

いや、なかったのは余裕だけだろうか。

木浦さんは、好きだと言ってはくれなかった。

そう思うかと僕に聞いただけだ。

そうして、僕にも好きだと言わせてくれなかった。

「ずるいなあ、もう」

『仕方ない。疲れるとしたくなるっていうだろう。目についた奴に手を出すわけにもいかないし、適当なのを呼び出しているような時間はない』

嫌な言葉ばかりを思い出す。

疲れているとしたくなるとか、適当なのを呼び出す時間もないとか。

それにかっちり当てはまるような気がして大きく溜息をつく。

木浦さんは今日から恋人だなんて言っていたけれど、もしそうだとして何かが起こるかと言えば何も起こらないとはっきり言える。

木浦さんは忙しい人だ。

それこそ、いつも今回のような仕事の仕方をしているだろうから休みなんてあってないようなものだろう。それに僕も休みは不定期。独身の若い男性には夜勤が回ってくるのも早い。

相手が普通の人だとしても、デートさえ難しい。

「……」

ごろりと体の向きを変える。

体が痛い。

痛いけれど、それが木浦さんの残したものだと思うとそれもいいかなんて。

「痛い」

ごろごろと何回か体を動かして、調子に乗りすぎたと反省する。

ぴりり、と携帯が鳴ったのはそのときだ。慌てて体を起こしてベッドから落ちる。ずりずりと這《は》いながら携帯にたどり着いて手を伸ばすと、メールが一件届いていた。

『大丈夫か』

たった一言。

他に何か言葉はないのか。

『大丈夫じゃないです』

そう返すと、すぐにまた着信があった。

キャラクターがお腹を抱えて笑っているスタンプだ。笑い事ではない。

「ムカつく」

なんて返してやろうと文面を考えているとまた着信があった。

『夢中になった。悪かった』

手が止まる。

木浦さんが夢中になった?

僕に?

少し顔が赤くなる。

『鍵は新聞受けに入れておいた』

ちょっと恋人みたいじゃないか?

誰に見られるわけでもないのに、緩んだ口元を隠す。

『しばらく会えない。すまない』

けれど、続いて送られてきた言葉に浮かれそうになった気分が一気に落ち込んだ。

会えない、なんて。

遊んだ相手を遠ざけるための都合のいい言葉じゃないか。

『また連絡する』

また連絡するってことは、僕の方から連絡するなってことだろうな。

なんて返そう?

色々と考えて、考える気力も失って、結局『お待ちしてます』というプレートを掲げたクマのスタンプを返した。

「おはようございます」

朝、署に出勤して五階に行くと捜査本部の看板を外しているところだった。

「あ、立浪。昨日のうちに犯人が自供して裏も取れたっていうんで、三つの事件は纏めて本庁に移された。木浦管理官もそちらに移動されたから、もう通常業務に戻っていいぞ」

ちょうど通りかかった上司に言われて、はあと力のない返事をする。

そうか。

今日から僕は交通課に戻るのか。

じゃあ制服に着替えないといけないとロッカーに向かう。途中、木浦さんの部屋として使われていた第三応接室の前を通ると、そこも扉が開けられて、持ち込んでいた小さな机が運び出されているところだった。

「おはよう、立浪。キャリアの相手、ご苦労さまだったな」

机を持っていた先輩に声をかけられて適当に笑う。こういうときこそ無表情になりたいと思ったけれど、僕は表情を作るのが上手くない。

制服に着替えて、久しぶりの交通課に顔を出すと次々にお疲れさまと声をかけられた。

交通課にいる人たちは、わりとのんびりしている。キャリアと接点を持ったからといって、睨んでくるような人はいない。どちらかというと、大変だったねと労《ねぎら》ってくれる。「立浪君が一日に何回もコーヒー買いに行かされていたから不憫《ふびん》でねえ。もう何度、私たちが淹れたコーヒーじゃ飲めないのかって怒鳴り込もうと思ったか」

「あはは」

「そうそう。それに買いに行かせているわりには立浪君のぶんは奢《おご》ってないじゃん？　せこいよね」

「いや、木浦さんは買っていいって言ってくれてましたけど、僕がコーヒー苦手で」

「えー、じゃあお茶でもなんでも買ってくればよかったのに」

「お茶もあんまり」

そんな会話をしながらふと気づく。そういえば、あんなに買いに行っていたのにもうコーヒーショップに行くことはない。最後に鎌田くんにお礼を言えばよかった。

「あ」

そして気づいた。

「やば」

カード。

木浦さんから預かっていたコーヒーショップのカードは僕の財布に入ったままだ。

それに……。

僕は部屋にある木浦さんのスーツを思い浮かべる。皺になったスーツなんて必要ないから置いていったのかもしれない。けれど、捨てるわけにもいかないし、家にあるままだと落ち着かない。

「返さなきゃ」

スーツは本庁に送ることもできるけれど、入金されたカードは金券だから送れないし。

「何?」

「コーヒーショップのカード、預かったままでした」

「あら。困ったわね」

『また連絡する』

そう言われたものの、本当に連絡があるかはわからない。僕の方から連絡するにも、向こうから連絡すると言われれば、それまで連絡するなと言われているようで心が重くなる。

「どうしましょうか。捜査本部を移すのに荷物とか運ぶようなら、誰かに預けても?」

カードを理由に接点を持とうとしていると思われても困る。

「そうね。キャリアの私物を持ったままなんてちょっと落ち着かないわよね。課長に相談してみたら?」

そう言われて相談に行くと、それは大変だと慌て始めた。課長もどこかに相談に行って……戻ってきたら本庁に行くようにと指示が出た。

「署の車、使っていいよ。ついでに他の荷物も運んでくれると助かる」

そう言われてありがたく借りることにする。

渡された段ボールを抱えて僕は車に向かった。


本庁に入っていくのは警察官でも少し緊張する。

段ボールを抱えて、向かうのは新しく設置された捜査本部だ。木浦さんは、犯人確保の功績もあって責任者に任命されたらしい。

ただ、もう犯人は捕まっているし、自供も始まっているので主な仕事は裏づけ捜査とマスコミ対応だろう。

犯人逮捕は、昨夜のうちにニュース速報が流れた。

経緯についてのマスコミ発表はまだだが、だからこそ情報を得ようとテレビカメラが建物の前に張りついていたりする。

連続殺人。動機はストリートピアノ。

社会問題にも絡めて、マスコミが大騒ぎするのは目に見えている。

昨夜からのニュースにはふたり目の犠牲者となった堂本詩織さんのストリートピアノの動画が何回も流れていた。

「すみませーん」

ストリートピアノ殺人合同捜査本部と大きく看板が掲げてある部屋を覗き込むと、バタバタとした雰囲気だった。

「あの、所轄から荷物を持ってきたんですが」

「あー、そこに置いといて。後で確認する」

声をかけると、それだけを返される。仕方ないから色々な書類のあるその場所に段ボールをそのまま置いた。念のため、日付と××署より移送と記入しておく。

「あれ、立浪？」

渋い声に振り返ると、岩木さんが疲れた顔で立っていた。

まあ、そうだろう。昨日から犯人の自供につき合っていたのは岩木さんのはずだ。

「木浦さんはふたつ向こうの応接室だ」

またここでも応接室を自分の部屋にしているのか。

「え、あの……今は忙しいんですよね？」

「鬼のように忙しい」

すぐに返ってきた答えに笑う。

「僕、木浦さんからコーヒーショップのカードを預かったままになってまして。岩木さん、渡しておいてもらえますか？」

そう言うと、岩木さんは首を横に振った。

「個人的な連絡先を教えてもらってないのか?」

「そういうわけでもないですけど、もう運転手でもないので連絡していいものか悩みまして」

「お前が自分で返せ。それを俺が持っていったら何かよくないことが起きそうな気がする」

岩木さんはそう言い残して誰かに呼ばれて走っていった。

「よくないことってなんだよ」

ぶつぶつ言いながら、僕はふたつ向こうの応接室へ向かう。

扉の前に立って、ノックをしようとしたときだった。

「今、木浦管理官はお忙しいから用件があるなら聞きますよ」

振り返ると、コーヒーショップの袋を持った男が立っていた。僕より、頭ひとつぶん背が高い。木浦さんと同じくらいの年齢だろうか。一目で仕立てのよさがわかるようなスーツを着ている。

すっきりした顎のライン。フレームなしの眼鏡が似合っている。

「あ、あの……」

笑顔だ。彼は笑顔だけれど、茶色の目が笑っていない。

「こんにちは。木浦管理官と同期の田辺《たなべ》といいます」

同期ということはこの田辺さんという人も木浦さんと同じキャリアなんだろう。

「君は……巡査ですか？」

視線は僕の制服についているプレート。

「さて。巡査が管理官になんの用ですか？」

お前が会えるような人ではないと言われたも同然だ。まあ、そのとおりなのだし。

「すみません。所轄で管理官の運転手をしていた立浪といいます。管理官からお預かりしていたカードをお返ししたくて来ました。渡しておいていただけますか」

「ああ、なるほど。わかりました。確かに渡しておきます」

差し出したカードを受け取って、彼はじっと僕を見つめる。

なんだろう、と考えて……。ああ、僕がいなくなるのを待っているのかと想像がついた。今、扉を開けて僕が「お久しぶりです」なんて声をかけながら中に入っていくのを防ぐために。

「では、よろしくお願いします。失礼いたしました」

きっちり頭を下げて、僕はくるりと向きを変える。

扉一枚隔てた向こうに木浦さんがいる。

けれど、もうコーヒーを買うのは僕の役目じゃないみたいだし……、僕がこの向こうに行ける理由は何もない。

「遠いな」

廊下を歩きながらぽつりと呟いた。

キャリアと、所轄の巡査。

本来なら、言葉を交わすかどうかもわからないくらい接点がない。

木浦さんの周囲も、木浦さんに近づく人間に対して注意を払っている。以前、木浦さんに近づいて左遷された人がいたって聞いたけれど、きっとあれは誇張じゃなくて実際にあったことだろう。

僕が左遷されるなら、どこかなと考える。東京都の怖いところは離島なんてものがあったりすることだ。まあ、さすがにそれはないにしても範囲は広い。電車の駅が近いところだといいな。あんまりなさそうだけれど。

もうすぐ建物を出るというときだった。

後ろから聞こえてくる足音に気づいて振り返る。急いでいるようだから、何か事件かもしれない。道を譲って……そう思ったのに。

「木浦さん？」

その足音の主が、木浦さんで驚く。

何かあったのだろうかと端によけると、木浦さんも方向を変える。

もしかして、これは僕に向かってきている？

「うわっ！」

声を上げたのは、木浦さんに腕を摑まれたからだ。

「か……立浪」

今、香寿と名前で呼ぼうとしなかったか？

「ちょっと来い」

低い声でそう言われて頷く以外にない。

ものすごく不機嫌そうだけれど……僕がここにいることが気に入らないんだろうか。

早足で歩く木浦さんに置いていかれないよう、必死で足を動かす。リーチの差からか、ぼくはもうほとんど走っていると言っていい。

連れてこられたのは、さっきまで立っていた扉の前。

「入れ」

笑顔で言われて戸惑う。

「いいから、入れ」

押されるように部屋に入ると、がちゃんと音がした。

がちゃん？

扉の鍵が閉められたことに、どうしてと聞きそうになって……。でも、急に抱きしめられてその意味を知る。

「来たなら顔を見せろ」

「あの……」

顔が近づいてきて、反射的に目を閉じる。

重なる唇はほんの一瞬で、ぱちりと目を開けると不機嫌に僕を見下ろす木浦さんと目が合った。

「忙しいんじゃ？」

「鬼のように忙しい」

間髪入れずに帰ってくる答えは岩木さんと同じものだ。

「だが、キスする時間くらいはとれる」

「は？」

再び顔が近づいてきて唇が触れる。

「ほら。一秒あれば、キスできる」

離れていった温もりに、心臓がバクバクと音を立てる。

「木浦さん、こんな人でしたか？」

初めて会ったときはもっと冷たい印象だった。接していくうちに、よく笑う人だとわかったけれど、こんな甘い言葉を言う人だとは思っていなかった。

「俺は忙しい。きっとこれからお前に寂しい思いもさせる。だから、会っている間は甘やかすことに手加減しない。言葉も惜しまない」

僕はもう、声が出ない。

ちょっと前まで、もう会えないかもなんて思っていたことがはるか彼方《かなた》へすっ飛んでいった。

これから、寂しい思いもさせると言った。寂しいのはわかっている。けれど、木浦さんとのこれからがある方が重要だと思った。

「本当に……」

「ん？」

「本当に恋人なんですね」

「あ？」

急に低い声になった木浦さんに驚いてびくりとすると、木浦さんはばつの悪そうな顔をして頭を掻きむしった。

「あれか。さっき、お前を追い返したあいつか。田辺正留《まさる》のせいだな。あの野郎、別の部署のくせして余計なことばかり……。よし、締めておく」

「違いますから、大丈夫です！」

本気が交じっているような気がして慌てて止める。

「本当に違うんです。僕が勝手に……。その、木浦さんに好きだって伝えてなかったから不安になって」

「伝えてない？　あれだけわかりやすく俺が好きだと全身で訴えておいてか」

それはあれか。僕が無表情になれないことをからかっているのか。

「香寿。じゃあ聞くが俺のは伝わっているか？」

まっすぐに聞かれて少しだけうつむいた。

「伝えているつもりだが、お前が望むなら言葉でもちゃんと伝える。俺は香寿が好きだ」

その言葉が聞こえた瞬間に泣きそうになった。

不安だった。体を重ねても、それらしいことを言われても、確信が欲しかったのだと初めて自覚する。

「ぼ、僕もっ……好きです」

必死でそう伝えると木浦さんがふわりと笑う。僕もつられて笑顔になった。

「香寿、明日の夜」

「はい？」

「明日の夜、迎えに行く。明後日は休みにしておけ。こちらからも話を通しておく」

「あの……」

休みなんて自由に取れるものではないけれど、本来なら木浦さんの運転手をしていたはずの今ならスケジュールは調整できるかもしれないなんて考えて……。

翌日を休みにして夜に会うことの意味に、顔が赤くなる。

「香寿。早く約束してくれ。でないと仕事に戻れない」

「わかりまし……」

観念してそう答えようとしたとき、再び唇が重なった。今度は触れるだけのキスじゃない。唇を舌でつつかれて、薄く開けると木浦さんの舌が中に入り込んでくる。

「ん……っ」

くちゅり、と水音が響く。なんとか応えようと舌を動かしてみるのに、全然追いつくことができない。木浦さんのペースを押しつけられて、息が上がる。足の力が抜けそうになった僕を木浦さんが支えて……。

「こういうキスだと五分はかかるな」

唇が離れていったのに、気がつかなかった。息を整えるのに精いっぱいだ。

再び近づいてこようとした木浦さんの唇を手で止める。

「終わりです」

僕の言葉に木浦さんの眉が寄る。

「送検まで時間がないじゃないですか。鬼のように忙しいんでしょう?」

検察に犯人を送致するまでの時間は四十八時間だ。今回は現行犯でスピード逮捕となったために、検察に送る証拠も十分でないはず。本人の自供があるから不起訴とはならないだろうが、油断はできない。

「あ、明日……。待ってますから」

うつむいて、そう告げると木浦さんの大きな手が僕の頭を撫でる。

「香寿」

木浦さんが僕の名前を呼んで……そっと顔を上げた僕の頬に木浦さんの手が、触れて。

「一秒なら」

そう言った僕に、木浦さんの笑った顔が近づいた。

キャリア管理官は夜を待てない

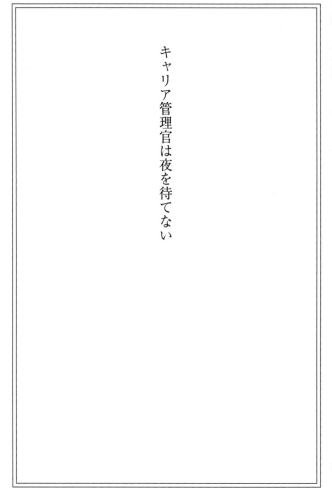

終業時間の十八時が近づいて、僕はそわそわし始める。

休みは問題なく取れた。木浦《きうら》さんから『事件の功労者である立浪《たつなみ》を食事に連れていきたい』と口添えがあったらしい。

何も起きませんように、と時計の針を見ながらそう願う。たとえば今、交通事故が起きて現場へ行かなければならないとしたら、帰るのが数時間は遅くなる。

退勤となるまで……、いや署を出るまでは油断しちゃいけない。

無事に十八時を過ぎて、僕は勢いよく立ち上がる。

「立浪、木浦管理官によろしくな」

上司の声に、赤くなりそうになる頬を押さえて会釈した。

不純な会合だとバレてはいけない。こういうときこそ練習した無表情だ！

「立浪くん、嬉《うれ》しそうね」

お疲れさまです、と声をかえた相手にそう言われて、全然無表情ができていないことを知る。

別にいい。警察官全員が無表情だと、市民も困る。

開きなおって、だらしない顔全開で着替えて署を出た。木浦さんとの待ち合わせは、近くのコーヒーショップだ。

そういえば、最後に行ったのは男を逮捕した日だった。

あのとき、鎌田《かまた》くんに誘われたのに僕は木浦さんのことばかり考えていて……。あれ？

「え、なんであそこを待ち合わせにしたんだ？」

思い返してみると、木浦さんからのメールでそうなった。つまり、木浦さんはわざとあのコーヒーショップを待ち合わせに選んだんだ。

「なんのために……？」

鎌田くんが僕にメッセージを書いてくれたことは木浦さんも知っている。だとすれば、会わせちゃいけないふたりだったんじゃないだろうか。

「でもこの前も会ってる……よね？」

僕が報告書を書いていたときに木浦さんがコーヒーを買ってきてくれた。そのときに顔を合わせている可能性が高い。

『気にするな。確認したいこともあったし。礼だけ言ってくれればいい』

会話を思い出して青ざめる。木浦さんは何を確認したんだろう？

「ヤバ……」

僕の足が自然に速くなる。

木浦さんが鎌田くんに何か言いがかりをつけてなきゃいいけど。

そう思いながら店のドアを開けると、奥の席に木浦さんが座っているのが見えた。それから、カウンターの中には鎌田くん。

鎌田くんは少し困ったような顔をして笑っていた。もうきっと何かやらかした後だ。

「木浦さん！」

「プライベートのときは呼び方を変えろ」

変えろと言われても、なんて……。ああ。名前か。それはかなりハードルが高い。

無理だと言うかわりに無表情を作ろうと思ったが、やっぱり上手くいかずにおかしな顔になった。

「鎌田くんに何か言いましたか？」

「鎌田？　ああ、あの店員か。余計なメッセージは書くなと言っただけだ」

アーモンドミルクに変更したカフェオレ。

あの面倒臭いものをオーダーしてからそう言ったなら、鎌田くんは気がついたはずだ。

だからさっき、困ったような顔をしていた。

せっかく誘ってくれたのに、僕は何も言えないままで……。

「行くぞ、香寿《かず》」

木浦さんがこれ見よがしに名前を呼んで、腰に手を回す。友達というには近すぎる距離だ。

ちらりと振り返ると、鎌田くんが軽く会釈していた。もう完全に店員と客の距離感に戻ってしまった。それが少し寂しいような気もする。

「香寿」

低い声で名前を呼ばれて見上げると、木浦さんが笑っていた。

「車に乗ったら、五分くらいは時間があるか？」

「な、ないっ！　ないです！」

慌てて答える。五分という時間は、あの長いキスの時間……。

宣言されると、恥ずかしすぎて悶《もだ》えそうだ。

駐車場にある見慣れた車に近づくと、自然に運転席に向かおうとしていて止められた。

「俺が運転する」

そう言われて、確かにそうだと気がついた。これは木浦さんの車で、僕はもう運転手じゃない。

「そ、そうですよね」

「ああ、ゆっくりしてろ」

木浦さんは僕といっしょに助手席側に来て、車のドアを開けてくれた。ちょっとどきどきしながら乗り込んで、シートベルトを締める。

運転席に座る木浦さんの横顔は……うん。どうしよう。かっこいい。

この人が、僕を好きだと言った。

そして恋人なんだと思うとどうにも落ち着かない。

「香寿」

「は、ひっ」

声が裏返った僕を木浦さんが笑う。

そのまま顔が近づいてきて、唇が軽く触れた。

「一秒くらいはあったな?」

心臓がばくばくして収まらない。どうしたらいいんだ、これ。

車がゆっくり動き始めても、僕は木浦さんの方をまともに見ることができなくてシートベルトをぎゅっと握りしめる。

「あのっ、犯人はどうなりましたか」

何か話題を探して……。僕は気になっていたことを聞く。

「ああ。ひとまず、香寿を襲った件については大丈夫だ。この後、三件の殺人と余罪を詰めていく」

「余罪?」

もしかして他にも殺人が、と思ったがそうではないらしい。

「小さな事件は前からあったようだ。突き飛ばされたり、足をかけられたり……。そいうのがゴロゴロ出てきた」

いきなり殺人に至ったわけではないらしい。それはそうだろう。

あの駅のピアノは撤去が決まったとニュースで見た。仕方ないのかもしれないけれど、楽しんでいた人もいたはずだ。少なくとも、あの三人はピアノを楽しんで弾いていた。

「ルールってそんなに大切ですか」

確かに大切なものだ。それはわかる。だが、病院帰りに子供が歌うことや、みんなにリクエストされて二曲目を弾くこと、彼氏の誕生日に少しだけとお願いすることが……本当に悪いことだろうか。そういう少しの余裕すら、ルールだからと切ってしまわなければならない世の中なんだろうか。

「曖昧にすることで守られてきたものが、その曖昧さを攻撃されるようになってきたからな。ルールがなければ何をしてもいいという連中が多すぎる」

「木浦さんは、ルールを破った被害者たちは一ミリも悪くないと思いますか？」

「悪くない」

即座に言い切ってくれた木浦さんにほっとする。

ネットではまだ議論が続いている。小さくても罪は罪だという声もある。理路整然と被害者の悪を並べていく人々を見ていると自分の感じていることがおかしいんじゃないかと思えてきて怖くなった。

「ピアノのルールを守らなかったことと、被害者となったことはまったく別の問題だ。同じに考えようとするから、いびつな天秤《てんびん》になる。ピアノのルールはピアノのルールの天秤で、事件は事件の天秤で測らなければ、正しい結果など出ない」

その答えがすっと胸に落ちて、僕はほっと息を吐く。

「香寿」

木浦さんがハンカチを差し出してくれて受け取った。涙は出ていなかったけれど、泣きそうだった。

「すみません。汚しちゃうかも」

「いい。この間のお詫《わ》びにとハンカチをたくさん貰《もら》った」

「お詫び？」

「恋人を追い返したお詫びだ」

その言葉に、本庁まで行った昨日のことを思い出す。木浦さんと同期のキャリアの人か。確か、田辺《たなべ》さん。

「どうしてハンカチ？」

「いっぱい持っていたんじゃないか？」

そんなはずはないと笑う。笑えた。そのことでまた心が軽くなっていく。

「香寿」

「はい？」

「緊張しているところ悪いが、俺の家に行く」

「……」

「どこかで食事をとって、それから雰囲気のいいバーに移動してゆっくりお前の緊張をほぐしてやりたいところだが、あいにくと待てない」

ごくりと唾を飲み込んだ。

待てないって、そういうことだよね？

「車が停《と》まるまでの間に心の準備をしておいてくれ」

真っ赤になって顔を両手で覆う。もうまともに木浦さんの顔を見られない気がした。


「あっ……んんっ……」

エレベーターの壁に押しつけられて、僕は甘い声を上げる。エレベーターが木浦さんの部屋の階に着くまでは五分もかからないけれど、これは五分が必要なキスだ。

ちん、と軽快な音が響いてドアが開くと、木浦さんは僕を抱きかかえて歩き始める。自分で歩いた方が早……くない。もう僕はキスだけで腰が抜けそうだ。

玄関ドアが開くと、ゆっくりとふたりして廊下に倒れ込んだ。

「待って。こんなところで」

「十分、待った」

体を起こした木浦さんが、僕の足に手を伸ばす。靴を脱がせて……、それから靴下も。

摑《つか》んだ足首を掲げたと思ったら、そこに口づけされて驚いた。

「う……、あの……っ」

「俺のだ」

伸びた手がネクタイを解《ほど》いていく。僕は蛇に睨《にら》まれたカエルみたいに動けない。

嬉しいと、そう思うのに木浦さんが剝《む》き出しにしている欲望が、少し怖くて。

「香寿」

シャツのボタンが外されていく。それから、ベルトに手がかかって……。

「お風呂……！　そうだ、お風呂に」

「後でいい」

身を捩《よじ》った反動で上着とシャツが脱がされた。

いつかとは逆だ。

アンダーシャツも取られていって、裸になった上半身に木浦さんの視線が絡みつく。木浦さんも手早く自分の服を脱いで……。

「怖がるな。優しくする」

ゆっくり倒れてくる体に手を回すと、温かかった。

感じるのは体温だけじゃない。お互いの心臓が大きく音を立てているのも聞こえてくるようで、目を閉じる。

唇をゆっくり重ねる。さっきまでの性急なキスじゃない。お互いを確かめ合うような深いキス。

一秒のキス。五分のキス。これはきっと終わらないキス。

何度も角度を変えて唇を重ねているうちに頭がぼうっとしてくる。下半身がひやりとして……服を全部脱がされたことに気づいたけれど、それよりはお互いの体温を感じられることの方が嬉しくて。

開かされた足の間に木浦さんが体を入れると、固いものが当たった。それは僕も同じだ。

大きな手が、僕の体の輪郭をたどるように移動していく。終わらないと思っていたキス。

唇が離れそうになって慌てて追いかけるけど、逃げられて……かわりに首筋をべろりと舐《な》められた。

「ふあっ」

同時に木浦さんの手が、胸にかかる。

突起に触れられて声を上げると、首筋にあった唇がすぐにそこへ移動した。

「あっ、やっ……！」

じゅるりと音が聞こえる。

右を舐められながら、左は指で潰される。もぞもぞと足を動かすとすっかり固くなったそれが木浦さんの体に触れて蜜をこぼし始めた。

「ふぁっ」

木浦さんが、ぐっと腰を押しつける。

お互いのそれが擦れ合って、体が震えた。

「香寿」

手が、そこに触れる。

指で先端を弄《いじ》られて腰が跳ねた。

やめてほしくて、やめてほしくなくて。

僕はただ首を横に振る。

「可愛《かわい》い、香寿」

抱きかかえられて、体がふわりと浮いた。落ちないようにと抱きつくと、木浦さんが笑ったような気がした。

運ばれた先は寝室だ。

ひとり暮らしのはずなのに、大きなベッドは木浦さんらしいと思う。なんだか木浦さんが狭いシングルベッドで寝ているのは想像がつかない。

「ちょっと待ってろ」

木浦さんは手早く自分の服を脱ぐと、チューブ状の何かを手に戻ってきた。それは、多分……。

膝に手がかかる。ぐっと開かれて、木浦さんに恥ずかしい場所を晒《さら》してしまって……慌てて閉じようとする足を押さえられる。

「香寿。少し冷たいぞ?」

木浦さんがチューブのキャップを外して、中身をそこへ垂らした。

ぬるりとした、透明の液体がすっかり固くなった僕のものの根元を伝って後ろへ落ちていく。それを掬《すく》うように動いた木浦さんの指が……入口に触れた。

「んっ」

「まだ、入れない」

指がするりと滑って、固くなっている僕自身にたどり着く。

「この前は急ぎすぎたから、ゆっくりしような?」

覆いかぶさってきた木浦さんがこめかみにキスを落とす。

太ももに、木浦さんのものが直接当たって……。それが、僕よりもずっと固くて。

「ゆっくり、できますか?」

思わず尋ねてしまった。

「たとえば、そうだな」

「うわっ」

腕を引かれて、体が起き上がる。腰を抱えられたと思ったら、木浦さんを跨《また》ぐようにして座っていた。

向かい合わせで……。立ち上がったお互いのものが触れて。僕のものと木浦さんのものが触れていると思ったら、そのわずかな刺激だけで頭がクラクラしそうだ。

「香寿、手」

言われるままに手を差し出すと、握り込まれてお互いのものが触れている場所へ導かれた。

「……っ！」

ふたつのそれに触れた僕の手の上に木浦さんが自分の手を添える。

「一度、これで気持ちよくなろうか」

もう片方の手が、逃げられないように僕の腰を抱えて……。

「ああっ、あっ！」

一緒に上下に動かされる手に、声が止まらない。

木浦さんのものが、熱い。

先走りは僕のものだけではなくて……。だからこそ、余計に体に熱が回るみたいだった。

「香寿」

首筋に木浦さんの唇が触れる。ちり、と微《かす》かに痛みを残しながら移動していく。腰に回った手がゆっくりと背骨をたどるように移動していく。

いつの間にか腰が動いていた。

動くたびに離れそうになるのが嫌で、片腕でしっかり木浦さんにしがみつく。

「香寿」

名前を呼ぶ木浦さんの声が、甘い。

ぐわりと僕を包み込む波を逃したくなくて、木浦さんに腰を押しつける。

「くっ」

木浦さんが低く呻《うめ》いた。

同時にお互いのものを包む手の動きが速く、なって。

「あぁっ！」

目の前が真っ白になる。

弾《はじ》けたのは……。僕も、木浦さんもほとんど同時で。それが嬉しくて、くたりと力の抜ける体を木浦さんに預けてた。

僕を抱き寄せた木浦さんが、額にキスを落とす。

なんだかくすぐったくて、首を竦《すく》めると体がぐらりと傾いた。

木浦さんが肩を押したのだ。バランスを崩して背中からベッドへ倒れ込むと、すぐに木浦さんが覆いかぶさってきた。

「木浦さん？」

にこりと笑った木浦さんの手のひらが胸に当てられる。するりと動いたときに、突起が引っかかって……違う。触っている。

玄関先で弄られていた突起は、すぐに赤くとがっていく。舌を伸ばした木浦さんが、僕に見せつけるようにゆっくり近づいて……。

「……っ！」

舌先が触れた瞬間、体中を電気が駆け抜けたみたいだった。

達したばかりの体は敏感で……。舌先で転がされると、足先までびくびくと震える。その間にも木浦さんの手は、僕の体のあらゆるところに触れた。

腰骨の先。脇の下。耳の後ろ。太ももの柔らかい場所。足の付け根の奥。

優しく触れたり、力強く摑まれたり……。僕はそのたびに息ができなくなりそうで。たまらなくて、体を横に向けると木浦さんの唇が離れた。

さっきまであんなに……。唾液で濡《ぬ》れた胸の先がひんやりと冷たく感じて横向きのまま体を丸める。

「ひぁっ」

肩の、すぐ後ろ。腕の付け根のあたりを舐められて、声が上がった。

「ここ、さっき触れたときも声が出ていた」

「え?」

「それから、ここか」

脇腹にまた、キスが落ちる。びくりと体が跳ねると、木浦さんは楽しそうに僕の体のいろんな場所にキスを落とし始めた。

どこを隠しても、その場所以外を責められて……頭がぼうっとし始める。

泣きそうな気持ちと似ている。けれど、悲しいわけじゃなくて。

「あああぁぁっ!」

大きく足を広げられて、足の付け根に吸いつかれると僕は叫んだ。すでに固さを取り戻していた僕自身を木浦さんの手が包み込む。

そこにもキスを落とされて、僕は首を横に振った。

それはだめだ。もう、本当にどうにかなってしまいそう……。

ぬるりと生暖かい感触に包まれて、僕はすぐに達してしまった。それでも木浦さんは止まらずに、僕のものを口に含んだまま……、後ろに手を伸ばす。

「やぁっ」

指は、するりと奥へもぐり込んだ。

小刻みに動かされて、いったばかりなのにまた僕のものが固くなり始める。

「や……、いじわ……る」

「そうか？」

木浦さんがやっとそれから口を離した。ほっとした瞬間に、指が二本に増やされて僕はまた首を横に振る。

「俺は香寿のいいところを慎重に探してるんだ」

指が、奥の一点に触れて、体が大きく反ってしまう。差し出すようになった胸の突起にかぶりつかれて、わけがわからなくなった。

「中も、外も。俺だけが知っている」

木浦さんと慌ただしく体を重ねた二日前。

たったそれだけなのに、もう木浦さんに全部を知られてしまったみたいで。まるで僕だけが翻弄《ほんろう》されている気がして。

それは、嫌だと手を伸ばした。

木浦さんの頭を掴んで持ち上げると、ぶつけるようなキスをする。

僕だけが木浦さんのものになるんじゃなくて、木浦さんも僕のものになってほしい。

唇に舌を割り込ませて、必死に動かす。呆然《ぼうぜん》としている木浦さんの体を掴んで反転させると、木浦さんの指が離れた。寂しそうにひくついたそこに気づかないふりをして、木浦さんに跨ったままキスを続ける。

「香寿？」

「黙ってください」

キスの合間にしゃべろうとした木浦さんにぴしゃりと言って、僕は木浦さんのそれに手を伸ばす。

それは今にもはち切れそうなほどに、太くて熱い。そっと手を動かすと、木浦さんがわずかに眉を寄せた。

熱い息を吐く、その顔にぞくりとする。

「香寿」

木浦さんが僕の尻を両手で摑んだ。高ぶったそれがぶつかって……。もっとと腰を擦りつける。

「だめだ、香寿。次はお前の中でいきたい」

うるさいことを言うなあ、とキスで唇を塞いだ。木浦さんが呻いたのは、すり合う刺激に耐えているからだ。

「香寿、頼む」

尻を撫《な》でていた手が、奥へ伸びる。その手を摑んで外すと、僕は木浦さんの高ぶったものを手にして自分からそこに当てた。

「香寿、ゴム」

「いい、いらない」

「ダメだ」

そのまま体を沈めようとすると、木浦さんは慌てて体を起こしてしまった。不機嫌になる僕の頬に木浦さんがキスを落とす。

「ゴムはいる。香寿の体の負担が大きくなる。頼むからつけさせてくれ」

しつこいくらいにキスを繰り返されて、僕は渋々頷《うなず》いた。生の方が気持ちいいに決まっているのに、頼み込まれるなんて思わなかった。

ほっとした木浦さんが急いでベッドサイドのテーブルにあったゴムを手にして袋を破く。

男同士で、受ける方の負担が大きいことはわかっているつもりだ。そう詳しくはないけれど、そのままましても、ちゃんと洗えば大丈夫なんじゃないだろうか。

「香寿、つけてくれるか?」

渡されたものを木浦さんのに被《かぶ》せていく。これが僕の中に入るのかと思うと、どきどきして……。被せ終えた後にキスをしようとして止められた。

「すまん。これ以上は耐えられそうにない」

「じゃあ、そのまま入れてしまえばよかったのに」

「それはダメだ。俺は少しも香寿を傷つけたくない」

あんなことやこんなことは遠慮なくやっているのに？

僕の不満が伝わったらしく、木浦さんは困ったような顔で僕を抱き寄せた。

「大切にしたいんだ」

「さっきは意地悪だった」

「すまない。調子に乗りすぎた。香寿があんまり、可愛くて」

頭を撫でられ、キスが繰り返される。

「香寿」

声が甘えるようなものに、変わる。後ろに伸びた手が、入口に触れて。

「入れていいか？」

耳元で囁《ささや》かれて、頷いた。

宝物に触れるようにベッドに寝かされる。足の間に木浦さんが体を入れて……。大きく、そそり立ったものがそこに当てられた。

ぐっと先端が押し当てられて体が固まる。

「香寿。大丈夫だ」

木浦さんが、触れるだけのキスをする。そのまま離れていこうとするから、首に手を回して抱き寄せた。

「僕、キスが好きみたいです」

「そうか。俺もだ」

どちらからともなく、再び唇が重なった。お互いを確かめるように舌を絡ませて、遊ぶ。遊んでいるみたいに、楽しさしか生まれないキス。近くで目が合って笑うと、たまらなく嬉しくて。

「んんっ」

力が抜けた瞬間に、木浦さんが腰を進めた。

一気に奥まで貫かれて、唇が離れていく。

「香寿」

離れた唇を追いかけて、また重ねる。ふわりと幸せに包まれるようで、もっとと木浦さんに足を絡める。

「動くぞ」

腰に回した手に力がこもった。

ぐっと一度奥に沈んだものが、じわりと抜けて……また奥へ。

「あぁっ」

ふわりと体が浮いたような気がした。それも一瞬で、木浦さんが腰を打ちつけ始めると、頭の中が真っ白になる。

片足が大きく持ち上げられて、木浦さんの肩にかかる。伸ばした手を掴まれて引き寄せられ……そのぶん、奥深く繋《つな》がる。

叫んでいるのか、喘《あえ》いでいるのかわからないくらいの声。

繋がったままぐるりと体を反転させられて、意識が飛びそうになった。

「香寿」

背中に荒い息がかかる。腰を持ち上げられて、頭が枕に埋もれる。

僕の顔の横に木浦さんが手をついた。揺れる視界に、木浦さんの手がシーツをぎゅっと握りしめるのが見える。

ああ、確かに僕は求められている。

こんなふうに余裕をなくしてしまうほど、必死に。

そう感じると、きゅっとそこに力が入った気がした。

「くっ」

呻いた木浦さんが、腰をさらに持ち上げる。動きがいっそう激しくなって……。

その中で、木浦さんが前に触れた。

「ああっ！」

腰の動きと合わせるように擦り上げられて、あっという間に高ぶって。

ぐんっ、とひときわ大きく打ちつけられて、僕は達してしまう。それと同時に、木浦さんが僕の背中に倒れ込んだ。

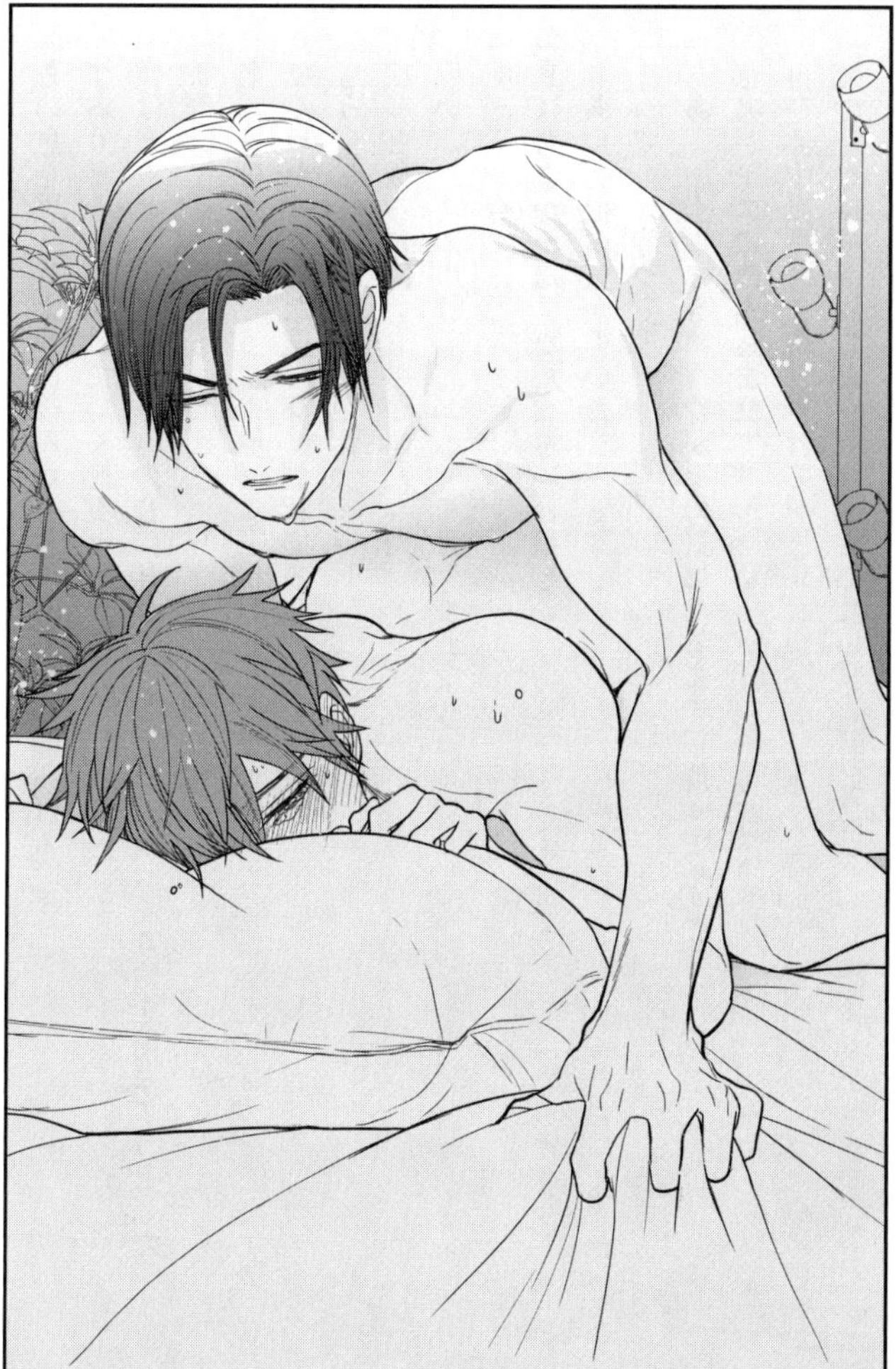

荒い息を整えるように後ろからきつく抱きしめられる。

ずるりとそれが抜けていく感覚。

僕はどくどくと波打つ心臓の音に耳を傾けながら、ゆっくり瞼《まぶた》を閉じようとした。

「香寿」

名前を呼ぶ声にどうにか瞼をこじ開けると、前に回った木浦さんの手が……達したばかりでくったりとした僕自身に触れて？

「もう少し、つき合ってくれ」

ぐっと後ろに固いものが当たった。

固い？

「嘘《うそ》……、今……」

「気持ちよかった。ただ、もっと欲しい」

さあっと血の気が引いた。

「待って！　待っ……」

「ああ。いくらでも。香寿がその気になるまで、待ってやる」

悲鳴がキスに飲み込まれて。

再び体中にキスを落とされて。

どこで意識を手放したか、覚えていない。

ぱちゃん、と水音で一回意識が浮上したのは覚えている。

お風呂で木浦さんが僕を抱えていた。意識のない僕をお風呂に入れるのには苦労するだろうなと思って顔を上げて……。そうしたら、唇が重なって。五分のキスの間に、また意識がなくなった。

次は、ドライヤーの音で目が覚めた。

バスローブを着ていた気がする。木浦さんが鼻歌交じりに僕の髪を乾かしていて……。

次に目を開けるともう、朝だった。

一回、バスローブを着ていたと思ったけれど、起きたときはぶかぶかのパジャマだった。きっと木浦さんのだろう。上だけ着ていて、下が脱がされているのは男のロマンだ。仕方ない。

「休みでよかった……」

体中が悲鳴を上げている。指一本、動かせる気がしない。

「起きたか？」

木浦さんの声が聞こえて、びくりと体が震えた。すぐ横にいたらしい。僕が寝ているのを見ていたんだろうか。

「今、何時ですか？」

「まだ朝の六時すぎだ。昨日は早く寝たから、目が覚めてしまったんだろう」

早く寝た？

その言葉にぐっと眉を寄せる。

十八時に待ち合わせて、木浦さんの家に来たのは十九時前。そこから……何時まで、していたんだろう？　まったく記憶にない。

「お風呂が何時ごろですか？」

「ん――……まあ、二十三時くらいか」

つまり、それまでの間は完全に弄《もてあそ》ばれていたわけで。

「もう、木浦さんとセックスしません」

「は？」

大切なものを失《な》くした気がする。あんなのを経験して、普通の生活に戻れる気がしない。

「お婿にいけない」

枕に突っ伏すと、背中に重みがかかった。

僕の顔を覗き込む木浦さんは、完全に笑っている。

「責任はとってやる」

耳元で囁かれて、僕は木浦さんが覗き込んでいる方と逆に顔を向ける。

「香寿」

頬をつつかれて、また逆に顔を向けると、すぐそばにあった木浦さんの顔と間近で目が合った。

ふっと柔らかくなった目元に見惚《みと》れてしまう。

こんなふうに笑う人だっただろうか？

「一秒と、五分とどっちがいい？」

そう聞かれてどきりとする。

どっちも、と答えそうになって……それも違うと思った。

「終わらないやつがいいです」

小さな声で呟《つぶや》くと、わずかに目を見張った木浦さんが笑って。

僕は待ち切れずに自分から木浦さんにキスをした。

あとがき

『キャリア管理官はキスを待てない』を手に取っていただき、ありがとうございます。稲月しんです。

警察が舞台のお話です。警察官を書くのは初めてで、某アニメの警察の組織図を担当様から送っていただいて見るところから始まりました（笑）。

主人公の香寿は苦労して公務員になっていますが、それを感じさせない明るさで周囲に可愛がられています。キャリアの木浦は、そんな香寿をからかいつつ、じわりと香寿の気持ちが自分を向くことを画策していたような……？　ただ香寿が木浦に惹かれていくのは、木浦が仕掛けた部分ではなくて事件に対する真摯な姿勢だったかなと思います。

私の住んでいる近くの駅でもストリートピアノが設置されています。お年を召した方が最近のアニメの曲を弾いていたりして、通るたびに楽しく聞かせていただいていますが、それを支えていく方々の苦労も色々あるだろうなあと思います。

残念ながらピアノが撤去されてしまった場所も見かけますが、それも誰かが誰かのことを考えてのことでしょう。どちらにせよ、ぽつんと置かれたそのピアノ一台にたくさんの物語があるような気がします。

歩きながら聞こえてくる音楽はそれだけで想像が広がりますね。

イラストは金井桂先生に描いていただきました。表紙絵のラフをいただいたとき、思わず「好き……」とつぶやいてました。ありがとうございます。

担当G様にもまたお世話になりました。

たくさんの方に支えられて、また新しい物語を始めることができています。本当にありがとうございます。

稲月しん

本作品は書き下ろしです

稲月しん先生、金井桂先生へのお便り、
本作品に関するご意見、ご感想などは
〒101-8405
東京都千代田区神田三崎町2-18-11
二見書房　シャレード文庫
「キャリア管理官はキスを待てない」係まで。

CHARADE BUNKO

キャリア管理官《かんりかん》はキスを待《ま》てない

2023年11月20日　初版発行

【著者】稲月《いなづき》しん

【発行所】株式会社二見書房
東京都千代田区神田三崎町2-18-11
電話　03(3515)2311[営業]
　　　03(3515)2313[編集]
振替　00170-4-2639
【印刷】株式会社 堀内印刷所
【製本】株式会社 村上製本所

落丁・乱丁本はお取り替えいたします。
定価は、カバーに表示してあります。

©Sin Inazuki 2023,Printed In Japan
ISBN978-4-576-23126-6

https://charade.futami.co.jp/

CHARADE BUNKO

今すぐ読みたいラブがある!

稲月しんの本

私はクラウスが生まれた、その瞬間からずっと見守ってきた

戦いの神は勇者の荷物持ちの純潔が欲しい件について

イラスト＝羽純ハナ

勇者の幼馴染みというコネで入ったパーティで荷物持ち扱いのクラウス。身の振り方を考えていた矢先、戦いの神を自称する超絶美形の男・ガルーアから愛を捧げられてしまう。初対面なのに「愛は告げた。恋人同士だ」と一方的な恋人宣言！　突っぱねつつも、怒濤に愛を語るその眼差しはまっすぐすぎるほどで…。

CHARADE BUNKO

今すぐ読みたいラブがある！

稲月しんの本

ガキみたいに、一日中お前を犯すことばかり考えていた

ヤクザから貞操をしつこく狙われています

イラスト＝秋吉しま

顔だけは超絶にいい普通の大学生・秋津比呂が目覚めると柏木と名乗るヤクザがいた。ホテル、全裸、記憶なし。逃げを決め込む比呂だったが、実に楽しげな柏木に先回りされその手に落ちてしまう。悔しいほどに男前で、ヤクザのくせに笑うと意外に可愛いエロ親父。簡単に囁かれる愛の言葉に流されそうになるが…。

CHARADE BUNKO

今すぐ読みたいラブがある!

稲月しんの本

オレ、そのうちヤられ死ぬかも

ヤクザの愛の巣に鎖で繋がれています

イラスト＝秋吉しま

ヤクザの組長・柏木浩二の猛烈な求愛に絆された、顔がいい以外は普通の大学生・秋津比呂。柏木の執着は重かった。就職も自立も無用！　護衛という名の監視つき、逃亡すれば鎖で繋がれ監禁プレイ!! ――対等でありたいって贅沢なこと？　柏木にとってのオレって…？　柏木の「愛」にぐらつき始める比呂だったが…。

CHARADE BUNKO

今すぐ読みたいラブがある！

稲月しんの本

俺はお前のためなら、なんでもしてやろう

ヤクザに永遠の誓いを迫られています

イラスト＝秋吉しま

卒業後の進路に悩む比呂は、柏木から関西の会合ついでに旅行へと誘われる。美味しいご飯に温泉、恋人との楽しい旅行！　気軽に頷くものの、会合への同伴が『柏木の女』としての顔見世だと耳にする。お前は関わる必要のないことだと柏木は安全圏に匿おうとするけれど……。執着系ヤクザとの爆走ラブ♡

CHARADE BUNKO

今すぐ読みたいラブがある!

稲月しんの本

比呂が待てと言うから、待っている。

ヤクザからの愛の指輪は永久に不滅です…?

イラスト＝秋吉しま

柏木の結婚ムーブが盛り上がる中、海外赴任中の比呂の両親が急遽帰国する。危険な男・柏木浩二を両親に紹介する無謀なミッション！　穏便に済ませたい比呂だったが元銀行員の父は柏木の悪名を知っていた。動揺する比呂は大切な指輪をなくしてしまい…。愛は重くなるばかり、執着系ヤクザとの爆走ラブ！

CHARADE BUNKO

今すぐ読みたいラブがある！

稲月しんの本

俺の唯一無二

獣人王のお手つきが身ごもりまして

イラスト＝柳 ゆと

恋愛結婚と家族に憧れを抱く城の従僕・ロイ。だが舞踏会の夜、獣人の国の王・ゼクシリアに見初められ、事態は一変する。孕む心配のない自分だから選ばれたお妃ごっこ。心ない相手に嫁ぐくらいならと、ロイは一夜の夢に身をゆだねるが…？　後日談にはロイも頭を抱える、父と息子の葛藤の日々を収録！

今すぐ読みたいラブがある！

稲月しんの本

CHARADE BUNKO

俺たちが結ばれてなにが悪い

獣人王の側近が元サヤ婚を願いまして

イラスト＝柳 ゆと

獣人の国で英雄譚を馳せる将軍ガスタは、王命により元恋人ラインのもとへ。だが久方ぶりの再会に昂ぶったガスタは虎に変じてしまう！ 人語も話せず元にも戻れず、愛だって語れない！ ラインの情けにすり寄り、ガスタは国へ連れ帰ってもらうことになるが…。『獣人王のお手つきが身ごもりまして』スピンオフ！